3. Auflage

Cover in Kooperation mit

Graphictwister / Freepik

Text: Raban Lebemann & Jan Cönig

Lektorat: Gute Idee!

Herstellung und Verlag:

BoD - Books on Demand, Norderstedt

ISBN 978-3-7528-8098-4

Dieses Buch ist für

DICH

Inhalt

Raban „Clemse" Lebemann

Älter werden

„Entschuldigen Sie, fährt die 18 nach Sachsenhausen?"
Ey wie man mit nur einem Wort einen ganzen Abend zerstören kann ist schon erstaunlich. Und mein Abend ist zerstört!
Weil ich gerade, an einem Samstag Abend, von einer jungen Frau, die ich theoretisch ansprechen könnte, wenn ich mich denn trauen würde, gesiezt wurde! Fuck! Ich sehe also alt aus! So alt, dass ein „Hey, weißt du wie ich nach Sachsenhausen komme?" nicht mehr angemessen ist! Klasse, der Abend fängt ja Bombe an.
Dabei tue ich alles um jung zu bleiben! Gut also nicht alles, gerade bin ich auf dem Weg zu einem Jazz Konzert, aber das sieht man mir ja nicht an! Also ehrlicherweise tue ich garnichts mehr, außer das ich mich abends so zuschütte als wäre ich noch immer 21.
Aber ich will nicht alt sein. Also nicht so alt, dass man mich Siezen muss! Und wann ist das eigentlich passiert dieses alt werden? Hab ich garnicht gemerkt. Gut, es gab gewisse Indikatoren... Zum Beispiel die Zeit, als es in meiner Wohnung

aussah als hätten zwei ausgewachsenen Braunbären miteinander gerangelt… also nicht wegen der Unordnung, sondern wegen meines Haarausfalls. Aber als das passiert ist war ich 21 und nicht alt.

Und jetzt bin ich (wie die Überschrift in einem Word Dokument) über 30 (und etwas fett!) und werde an Türen von Clubs wieder nach dem Ausweis gefragt. Aber nicht, um zu verifizieren dass ich schon rein darf, sondern um zu schauen, ob ich nicht schon so alt bin, dass es creepy wäre mich noch rein zu lassen!

Das nervt! Alt werden nervt! Mit 18 freut man sich noch drauf aber sobald man all seine Rechnungen selber zahlen muss stellt man fest, wie kacke älter werden eben ist! Wirst du auch noch merken Weg-frag-Mädchen, denke ich mir! Und das passiert ja nicht plötzlich, sondern ist ein schleichender Prozess!

Nach und nach werden auf deiner Facebook Timeline die Katzenbilder durch Bilder von Neugeborenen ersetzt und du liest häufiger, dass sich zwei Leute verlobt haben, als dass im Suff mal wieder jemand sein Handy verloren hat. Selbst meine kleine Schwester ist jetzt verheiratet!

Und da spiel ich nicht mit! Da bin ich Peter Pan! Kinder bekommen, aufs Land ziehen, das kann ich später machen, viel Später! Ich bin noch nicht alt genug, um mich selbst anzulügen und meinen Freunden so Sachen zu sagen wie: „Ey, diese Lage!! Es ist sooooo zentral hier! In nur 30 Minuten bin ich in der Stadt!"

„Nein, random Vorort Freund, das bist du nicht!"

Ich bin noch nicht alt genug um mir das schön zu reden! Ich rede mir andere Dinge schön!

Skaten zum Beispiel, geiler Scheiß. Hab ich mit 15 schon gemacht, so richtig mit Halfpipe und Tricks und so, Gott war ich damals cool! Und das kann ich jetzt auch noch! Also war ich vor kurzem im Skate Park, schauen was noch geht... ging eher weniger. Hab mich etwas alt gefühlt, als ich da auf dem Rücken lag und Hilfe beim Aufstehen brauchte. Und was sollen eigentlich diese Skinny Jeans?

Das ist frustrierend, wenn man merkt, da gibt es Dinge die gehen nicht mehr! SnapChat zum Beispiel! Ich raffe es nicht! Was soll das? Warum brauch ich das? ICH RAFFE ES NICHT!!

Neues ist nicht immer gleich besser! CapriSun zum Beispiel!
Das ist ein neuer Name ist aber nicht im Ansatz besser!

Oder neue Musik zum Beispiel... was soll diese Dubstep Zeug denn bittte? *„Musik Musik Musik bwapbwaprrrrrr!!!"*
Ich komm da nicht mehr hinterher! Ach was, ich will da nicht mehr hinterherkommen! Ich weiß jetzt einfach was ich mag! Dubsteb halt nicht!

Aber ich mag jetzt Tee! Und ich kann ihn am Geschmack unterscheiden! Tee verdammt! Tee! Das ist ein deutliches Zeichen dafür, dass ich alt bin!

Und ich gehe eben einmal im Jahr auf ein Jazz Konzert, als Test, ob ich schon so alt bin, dass ich jetzt sogar Jazz mag.

Und ich hatte schon im September Pläne für Silvester! Einfach ausgemacht und nicht mehr hinterfragt! Gut, ich war dann halt an Silvester bei meinen Random Vorort Freunden. Wir haben Gesellschaftsspiele gespielt, Gesellschaftsspiele, und um 1:30 wars vorbei... Wer Gesellschaftsspiele spielt, an Silvester, ist wirklich alt! ich wollte dann noch in die Stadt, fuhr aber nichts mehr!   #bestessilvesterever
Und jetzt werde ich auch noch gesiezt! Dieses Jahr fängt ja mal richtig gut an!

„Ja die 18 fährt nach Sachsenhausen" Sage ich, sie nickt mir freundlich zu, sagt Danke und widmet sich wieder ihrem Handy. „Bestimmt SnapChat!" denke ich.

Gesiezt werden ist echt kacke! Als ich 18 war hatte ich mal konkrete Vorstellungen, wie mein Leben aussehen soll, wenn ich Erwachsen bin und gesiezt werden muss. Und wenn ich jetzt gesiezt werde glaube ich, dass ich diesen Vorstellungen entsprechen müsste, tue ich aber nicht!

An dem Tag als meine kleine Schwester ihre Verlobung bekannt gegeben hat, war ich bis 5 Uhr saufen, hab Körbe von 3 Frauen bekommen und meinen gute Nacht Döner noch vor dem Heimkommen wieder ausgekotzt!

Nach dem Jazz-Konzert mache ich mich auf den Heimweg. Ich hasse Jazz noch immer! Schlimmer als Snapchat! Ich verstehe es nicht! Gerade noch mal Glück gehabt! Als ich in den völlig überfüllten Nachtbus steige, sitzt das Weg-Frag-Mädel wieder da, total besoffen. Ich nehme mein Herz in die Hand und traue mich wirklich sie anzusprechen:

„Entschuldigen Sie, ich weiß nicht ob es ihnen aufgefallen ist, aber ich bin schon etwas älter, können sie mich bitte auf ihren Platz lassen?!"

Speeddating

Ich kann die Blicke spüren. Jeden einzelnen Blick, deutlich. Wie ich angestarrt werde, wie ich verurteilt werde, weil ich hier ein Fremdkörper bin!

Ich sitze an einem Sonntag Morgen alleine in einem Cafe am schönsten Platz des Ladens. Alleine. Und der Laden ist voll, so richtig voll, kein freier Platz mehr und ein Pärchen nach dem nächsten muss den Laden, den sie in freudiger Erwartung eines sonntäglichen Pärchen-Frühstücks betreten haben unverrichteter Dinge wieder verlassen. Und auf dem Weg nach draußen müssen sie an meinem Tisch vorbei und schauen mich mit hasserfüllten Augen an!

Die Kellnerin schaut auffallend oft bei mir vorbei und fragt ob ich noch etwas möchte, oder ob ich bereits fertig sei! Ich bestelle weiter sitze, lese Zeitung.

Als ich den Laden verlasse drückt mir die Kellnerin einen Flyer in die Hand, Speeddating am Mittwoch Abend im gleichen Cafe. Das ist kein Wink mehr mit dem Zaunpfahl sondern ein Schlag ins Gesicht mit dem Fahnenmast!

Mittwoch Abend, ich sitze im Café an einer langen Tafel. Der Fahnenmast hat wohl den Wunsch bei mir ausgelöst, Sonntags nicht mehr angeschaut zu werden wie im Zoo, wenn ich meinen Kaffee trinke.

Das Setting ist einfach, 8 Frauen sitzen 8 Männern gegenüber, nach zwei Minuten rücken die Männer einen Platz weiter. Auf ein Trillerpfeifensignal beginnt die Reise nach Jerusalem!

Es geht los, mir gegenüber Steffi, braune Haare, braune Augen, brauner Blazer, strenger Blick, Ärztin, genauer Chirurgin, Nachtdienst, 24h Bereitschaft, sie liebt ihre Arbeit, also sie liebt ihre Arbeit wirklich, sie spricht von nichts anderem. Sie spricht eigentlich die ganze Zeit, bis jetzt, hab ich nur meinen Namen gesagt und sie beschreibt mir detailliert eine Operation am Offenen Herzen, mit einer Begeisterung wie ich sie sonst nur Metzgern beim Umgang mit Fleisch zutrauen würde. Als die Pfeife trillert sage ich meine zweites Wort „Tschüß" und rücke einen Platz nach rechts.

Vor mir sitzt jetzt Nadine. Blond, zierlich, freundliches lächeln, Körperspannung wie ein Stück Geramond aus dem Backofen, so aufregend wie Millimeterpapier. Wir unterhalten uns zwei Minuten über irgendwas, dass ich schon vor dem Trillern der Pfeife wieder vergessen habe. Ihr Mund bewegt sich, aber nichts von dem was sie sagt interessiert mich!

Ich beobachte stattdessen die anderen Männer. Wirklich spannender ist das nicht. Sie überzeugen zum großen Teil durch die Zurschaustellung gesellschaftlich akzeptierter Erfolgssymbole. Paul trägt eine Rolex am Arm, Goldkette und hat sein Hemd einen Knopf zu weit offen, so dass man seine Brust sieht auf deren Haarwuchs die kahle Stelle auf meinem Kopf, also mein ganzer Schädel, sofort neidisch wird!

Torsten hat den Schlüssel zu seinem Porsche auf den Tisch gelegt und spricht gerade mit Steffi die durchaus angetan scheint. Außerdem gibt es noch einen Typ dessen Namen ich nicht mitbekommen habe, der aber aussieht wie ein Ulf und der ernsthaft sein Handy an einem Clip an der Gürtelschnalle trägt. Ich bete inständig, dass Ulf heute alleine nach Hause geht. **Pfiff!**

Ich rücke weiter, Hannah, sie hat genau die Körperspannung die Nadine fehlt, ansonsten ähnlich nichtssagend wie Nadine, ach ich nenne jetzt einfach jede Frau Nadine, bis eine dabei ist, die spannender ist als die Herz-OP von

Nadine 1, also Steffi, die immer noch Richtung Torsten schaut, der jetzt vor Nadine dem Original sitzt. **Pfiff!**

Ich rücke weiter. Zwei Minuten können wirklich unendlich lange sein, wenn dein Gegenüber auf Fragen maximal mit einem Wort antwortet und scheinbar nur hier ist, weil ihre beste Freundin Nadine sie mitgeschleppt hat. Ich versuche also zwei Minuten mit dieser Nadine ein Gespräch zu führen, was mir auch hier nicht gelingt. **Pfiff!**

Ich rücke weiter, die Nadine vor mir ist gefühlte 2 Meter groß, sie erzählt von sich, ihrem Ex, ihrem Fußfetisch, ihrem Nagelstudio, ihrem letzten Urlaub auf Malle... sie fragt nach meiner Schuhgröße, „43" antworte ich, sie scheint enttäuscht. **Pfiff!** Die nächste Nadine heißt Anja und scheint ein normaler Mensch zu sein, wir unterhalten uns 2 Minuten wie normale Menschen, sprechen über die Stadt, die anderen Freaks und lachen über die Nadine neben ihr, der auf Torstens Antwort auf die Frage nach seiner Schuhgröße — 48 — ein freudiges Glucksen entweicht und die ihn jetzt verträumt anschaut, was Nadine 1, also Steffi natürlich garnicht gefällt!

Zwei Minuten können wirklich schnell vergehen, wenn dein Gegenüber halbwegs spannend ist. **Pfiff!**

Ich rücke weiter und nehme auch die letzten beiden Nadines irgendwie mit. Unterhalte mich danach kurz mit Anja die aber leider nicht mehr als 2 Minuten spannend war und von Anja wieder zu Nadine wird, Nadine 1 und Nadine der Fußfetisch hängen an Torstens Lippen, Ulf ist direkt gegangen und die restlichen Nadines ohne weitere Eigenschaften unterhalten sich mit den restlichen Typen mit Rolex, Polo Hemdchen und unglaublich geilen Erfolgsgeschichten.

Gelohnt hat sich der Abend nicht. Am nächsten Sonntag will ich wieder alleine ins Café Frühstücken, überall glückliche Pärchen, kein Platz für mich. Auf Weg nach draußen komme ich am perfekten Platz vorbei, Nadine das Original sitzt dort, Körperspannung wie ein Geramond aus dem Backofen, spannend wie Millimeter Papier Ulf sitzt ihr gegenüber! Verdammt... selbst ULF! Ich will doch nur einen Platz zum Kaffee trinken! Ich hole also meine Trillerpfeife raus, Pfiff, Ulf und 2/3 der anderen Männer springen auf ich setzte mich vor irgendeine Nadine... Kaffee kann man auch in 2 Minuten trinken!

Nie nett

„Entschuldigung, wären sie so nett und würden mich vor lassen ich habe es recht eilig?"

Ich drehe mich um, hinter mir steht der Prototyp eines unsympathischen Investmentbänkers mit einem Einkaufswagen der voller ist als der meiner Ex-WG wenn wir gerade Pfand zu Geld gemacht hatten...

„Nein! Natürlich lasse ich dich aufgeblasenen Fatzke mit deinem Seidenhemdchen und dem darüber liegenden Kaschmirpulli nicht vor! Deine Zeit ist keinen Cent wertvoller als meine und hör auf so grenzdebil zu grinsen, das kauft dir eh keiner ab du Depp!" wäre an dieser Stelle definitiv die richtige Antwort. Ich gebe die falsche: *„Ja klar, gerne!"*

Aaaaah! Sag mal, Raban, bist du dumm? Warum, Warum, Warum????

Na gut, so bin ich eben – nett . So richtig nett. Ja, Raban ist so ein richtig netter Typ!

Immer gut gelaunt, immer freundlich, immer zuvorkommend, großartig. Wie ich es hasse!

Aber ich kann halt nicht aus meiner Haut! Mein Karmalevel ist jetzt schon höher als das von Buddha.

Der Investmentbank Bonze steht jetzt vor mir und seine Investmentbänker Freundin, die optisch mehr Schmuckstück ist als seine fette Breitling, kommt mit einem weiteren Korb angestiefelt, der aussieht als wäre sie im super Toy Club Style durch die Kosmetikabteilung des Supermarkts gelaufen! Na vielen Dank dafür!

Dieses nett sein ist bei mir fast schon ne Behinderung, Freundlichkeits – Tourette! Hatte ich schon immer! Bin so erzogen worden! Immer nett sein. Und ich hab das nicht unter Kontrolle. Ich hab mal in einem übervollen ICE meinen reservierten Sitzplatz an jemanden abgegeben, auf ner Fahrt nach Berlin… da haben wir gerade in Hanau gehalten! Ich habe über 4 Stunden gestanden, einfach nur weil er mich freundlich gefragt hat. Der war weder sehr alt, noch behindert oder ne Mutter oder sonst irgendwas, der hat einfach nur nett gefragt!

Und das ist das fiese! Ich seh halt auch noch so nett aus, dass man das 2 Meilen gegen den Wind merkt! Bei anderen Leuten wirkt eine Glatze *böse*! Bei Nazis zum Besipiel, So ne fiese Klatscher Glatze wollte ich auch! Und was ist passiert?

Ich habe mir die Haare abrasiert und dank meiner Bärchen-augen sehe ich voll nett aus!

Und nett ist halt leider auch nicht Sexy! Hart ist Sexy! Oder cool ist sexy! Bin ich nicht! Ich bin der nette Typ, ich bin so nett, dass ich schon bevor ich ne Frau anspreche in der Friendzone bin. Andere Männer werden von Frauen mit den Augen ausgezogen, mit mir Backen sie Kuchen und unterhalten sich über Probleme mit Männern! Ich wirke so nett, ich lande sogar bei Schwulen direkt in der Friendzone!

Hat der Investmentbänker wohl auch gerochen... So geht das nicht weiter, ich muss an diesem nett sein endlich mal arbeiten!

Ich musste sogar meine Auto verkaufen! Autofahren ist Krieg! Also nicht wenn ich fahre, da lasse ich jeden vor, fahre 29 km/h in ner 30er Zone, gebe Parkplätze freiwillig auf, in Frankfurt, helfe bei jeder Panne und nehme jeden Anhalter mit.

Ja jeden Anhalter, und nach dem „Prag-Vorfall" haben meine Freunde mir geraten, mein Auto zu verkaufen. Also eigentlich haben sie mein Auto verkauft... Ich hätte dem Käufer sicher noch ne 3 Jahre Rundum Sorglos Garantie inkl. Waschen auf die Karre gegeben!

Freundlichkeits-Tourette eben… Mein Rücken tut schon weh weil ich mehr Umzüge mache als der Kölner Karnevalsverein! Ich war mal mit den Jungs im Club und mich gräbt ne wirklich heiße Frau an, aber ich gehe nicht drauf ein, weil ich am nächsten Tag einem der Jungs zugesagt hatte beim Umzug zu helfen, bin dann auch früh gegangen, wollte ja fit sein. Und als ich um 8:30 bei ihm auf der Matte stehe, liegt genau die Frau in seinem noch nicht abgebauten Bett! Ich war bei dem Umzug der einzig nüchterne, musste Tetris mit den Besoffenen beim einräumen des Lasters spielen, den ich natürlich als einziger schon fahren konnte, schaute die ganze Zeit, dass nichts zerstört wird und am Ende singen die Sklavenlieder über mich! -Wir folgen Raban Lebemann- Weil er so gut umziehen kann- Der Kumpel war übrigens Jey Jey Glünderling. True Story!

Ist schrecklich, immer wenn ich was böses sagen will kommen nur Nettigkeiten aus mir raus. — Ihr seid zum Beispiel das hübscheste und beste Publikum vor dem ich jemals gestanden habe — Seht ihr? Immer das gleiche! Anstatt euch zu sagen wie dämlich es ist, Kunst zu vergleichen und mit Punkten zu bewerten und dass ihr alle eh nur hier seid, weil ihr sowas wie nem Gladiatorenkampf der Bewegungsleg-astheniker beiwohnen wollt, während die Hälfte von euch glaubt dass sie das eh besser kann als jeder von uns hier oben, bin ich wieder voll nett zu euch!

Und wirklich honoriert wird nett sein auch nicht, nett sein kann halt jeder, wenn er irgendwas von dir will. Der Invest-mentbänker, der war nett zu mir, scheisse ich glaube selbst Hitler konnte nett sein – zu seinem Schäferhund! Nett sein ist eben einfach keine Leistung. Aber ich mache das ja nicht bewusst, das ist ein Zwang bei mir.

Ist halt auch nicht akzeptiert, dem Investmentbank Blöd-mann einfach zu sagen, „Hier, du elender HURENSOHN, du bleibst hinter mir! Und nett stummbe, wir stehen alle an!"

Sag ich also nicht. Ich nehme auf dem Weg nach Würzburg lieber ´nen Anhalter mit, so einen von der Sorte haarig, schwitzig, ekelig, sowie Anhänger sämtlicher Verschwö-rungstheorien die er dir dann dezidiert erklären muss. Und als er dann neben mir auf dem Beifahrersitz auf seinem Pappschild Würzburg durchstreicht, Prag drauf schreibt, es mir hinhält und fragt: „Geht auch Prag?" ...naja, der „Prag Vorfall" eben.

In meinem Kopf bin ich häufig genug ein Arschloch.

„Ach das ist aber so lieb von ihnen, sie sind ein sooo netter Mensch!" — Nein verdammt dass bin ich nicht! Ich bin ein herzloses egoistisches Wixer! Aber ich kann es nicht zeigen! So sieht es aus!

Den Anhalter hätte ich am liebsten bei voller Fahrt aus meinem Auto getreten, bei Umzügen bin ich immer kurz davor einen Laptop aus dem dritten Stock zu pfeffern und dem Investmentbänker würde ich gerne die Kreditkarte zerschneiden und ihm die spitzen Schnipsel in seine Gelfrisur rammen! Mach ich aber nicht! Noch nicht! Aber ich fang jetzt im Kleinen an. Der nächste Mensch der in ner Schlange vor mich will, und auf meine Nettigkeit hofft, der kann sich auf was gefasst machen! Da sag ich einfach total hart: „Nee, sorry..."

Bio

„Zwischen 2001 und 2015 ist der Umsatz der Bio Branche von 2,7 Milliarden Euro pro Jahr auf knappe 8,6 Milliarden Euro gestiegen. Es wird sogar erwartet, dass sich dieser Trend in den nächsten Jahren noch deutlich verstärkt. So verändert die Verfügbarkeit von Bio Lebensmitteln nach und nach das Bewusstsein des Verbrauchers und führt zu einem generellen Umdenken was den Konsum betrifft."

Ich schaue den, mit einem kackbraunen, aus irgendeinem scheiß Naturhanf hergestellten Hemd ausgestatteten Mitarbeiter des Bio Supermarkts an, der mir jetzt seit 30 Minuten das Ohr blutig quatscht, atme tief durch und wiederhole meine Frage: "Wo finde ich Nutella?"
Er stammelt irgendetwas von zu viel Zucker, Kakao aus Konfliktregionen und Palmöl. Immer wieder kommt er mir mit Palmöl! Ich will doch einfach nur Nutella! Die Suche nach Frühstück hat mich in den Supermarkt getrieben und seit etwa zwei Wochen ist das jetzt eben einer von diesen

Bio Supermärkten, die überall wie Pilze aus dem Boden sprießen.

Bio Supermarkt, alleine das Wort macht doch schon keinen Sinn. Ein Supermarkt ist ein industrialisierter Ort, an dem man industrialisierte Lebensmittel zu industrialisierten Preisen kaufen kann! Also erstmal billig. Außerdem ist er funktional. Rein, raus, fertig!

Und Bio, Bio ist eigentlich ökologisch erzeugtes Essen, langsam, mit Liebe, nachhaltig, ohne irgendwelchen Scheiß, bewusster Konsum. Wie passt das zusammen? Richtig, garnicht!

Bio Supermärkte sind wie Jever Fun, sie versprechen dir, trotz Konsum, ein gutes Gewissen, aber auch hier sind die Lebensmittel in Plastik verpackt und es wird Mindestlohn gezahlt, das ist fieser als zuckerfreies Nutella!

Und genau da führt mich der Mitarbeiter jetzt hin, an das Regal mit den biologischen Nuss-Nougat Brotaufstrichen. Dort stehen sie, die Ersatzdrogen der bewussten Konsumenten, das Methadon der Ernährungselite: Noisette Cacao, Nocciolatta und mein Highlight, BioNella! Das klingt wie eine Damenbinde! Und genau so schmeckt es auch! Ich habe das ausprobiert, also das mit der Bionella! Den ultimativen

Test, ob ein Nuss Nougat Aufstrich lecker ist, macht man eben aus dem Glas, mit nem Löffel, direkt in den Mund!

Ok, ich sehe ein, im Supermarkt macht man das eigentlich nicht und der Hanfhemd Mitarbeiter wurde etwas ungehalten, ABER BIONELLA IST EKELIG! Überhaupt nervt mich der ganze Markt gewaltig. Bis vor einigen Wochen war hier ein Netto, mein Netto, alles da was man braucht, durchaus siffig, also richtig siffig, einfach räudiger Konsum, ja, aber das wusste man vorher! Und selbst mit der gammligsten Jogginghose war ich dort immer absolut passend gekleidet. Jetzt stelle ich fest, dass ich mich in der Außenstelle irgendeines Modehauses befinden muss. Bis auf die Mitarbeiter in ihren herrlich hässlichen Hanf Hemden, läuft der Rest der Konsumenten rum, wie auf nem Catwalk. Ich bekomme Angst, das nächste mal an der Tür abgewiesen zu werden, „hm sorry, aber heute echt nicht, tut mir leid, nicht mit den Schuhen."

Das passt zum selbstgefälligen Grinsen, mit dem die Mehrheit hier ein Päckchen Sahne für 1,04€ kauft! Was ist das eigentlich für ein Preis? Ein Euro und vier Cent? Beim Netto gab´s Sahne für 29 Cent, ob die von glücklichen Kühen war weiß ich nicht, ich bezweifle sogar, dass sie wirklich von

Kühen war. Aber 1 Euro und 4 Cent ist einfach nur frech! Nicht mal das 99 Cent Lockangebot hat der Markt nötig. Und das passt zum Klientel, Leute die gerne mehr Geld für Lebensmittel ausgeben, weil sie diese industrialisierte Nahrung nicht mögen und Bio auch für die Umwelt besser ist, aber dann mit ihrem verschissenen Porsche Cayenne in zweiter Reihe vor dem Markt parken und selbst im Sommer ihren Golden Retriever Welpen alleine im Auto lassen. Da wird vor allem im Bio Supermarkt gekauft, weil es hipp ist und damit der Nachbar beim Reintragen der Papiertüten schön sieht, dass man zu den bewussten Konsumenten gehört. Neben mir greift eine Kinderhand nach dem Glas "Tiger Nuss-Nougat-Creme". Der Werbeslogan verspricht "wir machen Bio auch lecker". Ich schaue Johann-Sven traurig hinterher, als er von seiner Mutter durch den halben Markt gerufen wird und raune halblaut, „you know nothing Johann Sven..."

Die restliche Auslage ist umwerfend, einfach alles da, Bio Wein aus Südafrika, Bio Avocados aus Israel und selbst Mangos und Melonen, im tiefsten Winter, super nachhaltig so ne Lieferung per Flugzeug aus Tropengebieten. Langsam verstehe ich was "Bio-Industrie" eigentlich bedeutet. Natürlich zahlt der Bio-Supermarkt dem Vermieter der Ladenfläche deutlich mehr Miete als der Netto vorher! Und die Mutter von Johann Sven freut sich, dass sich ihre Lebenssituation signifikant verbessert hat, da sie mit Ihrem Stadt SUV jetzt nur noch drei Minuten fahren muss, um aus 27 verschiedene Sorten Bio Chips zu wählen! Wer zur Hölle braucht 27 verschiedene Sorten Bio Chips? Als der Hanfhemden Mindestlohn Mitarbeiter wieder vor mir steht und sein antibiotikafreies Hähnchen anpreist, bekomme ich Angst vor einer hartnäckigen Erkältung und kann mich nicht mehr zurückhalten. „Wusstest Du eigentlich, dass sich zwischen 2001 und 2015 der Umsatz der Bio Branche zwar mehr als verdreifacht hat, aber im gleichen Zeitraum der Anteil der ökologischen Anbauflächen in Deutschland noch nicht mal um drei Prozent pro Jahr gewachsen ist? Das bedeutet, die Produkte, die hier als Bio im Supermarkt verkauft werden, kommen meistens irgendwo aus der Ukraine oder Rumänien, über Arbeitsbedingungen und tatsächliche Nachhaltigkeit brauchen wir da wohl eher nicht reden. Es geht einfach nur um ein Label, das erlaubt für eine Packung Chips das Vierfache zu verlangen. Und wenn sich nicht bald etwas an den grundsätzlichen Einstellungen zu Konsum und

Nachhaltigkeit verändert, wird sich dieser Trend von industrialisiertem Bio auch noch durchsetzen, das löst aber das echte Problem nicht, sondern beruhigt höchstens das Gewissen einer Klientel, die es sich eben leisten kann!"

Er raunt irgendwas von „Scheiß Öko Kunden" und dreht sich um.

Ich gehe am Ende mit Müsli, Joghurt und Südfrüchten aus dem Laden, gebe dafür mehr Geld aus, als ich an einem Samstagabend versaufen kann und auf dem Heimweg besorge ich mir ein Glas Nutella! Aber damit meine Nachbarn sehen, dass ich bewusst konsumiere, verstecke ich es ganz unten in meiner Papiertüte vom Bio Supermarkt!

Butzbach

Wer kennt das nicht: Es ist Sonntag, man sitzt zu Hause rum, trägt den ganzen Tag eine Jogginghose, das Wetter ist nur so mittel, Dieter Bohlen moderiert wieder irgendeine entwürdigende Show auf RTL, die man eigentlich nicht schauen will, aber in der Pause von was anderem hat man eben doch hin gezappt und jetzt ist es wie ein Autounfall, man schaut hin, weil ja auch gerade nichts anderes passiert und dann ist es plötzlich 18:45 und man hat den ganzen Tag nichts gemacht, außer diesen Blödsinn im TV zu schauen. Wer sich jetzt angesprochen fühlt, hat sein Leben ja mal gar nicht unter Kontrolle!

Ich sitze an einem Sonntag in meinem Lieblings Café, trage eine echte Hose und schreibe diesen Text! Aber sowas machen eben genau die Leute, die man Samstagabend auch in Alt- Sachsenhausen auf Junggesellen-Abschieden treffen würde. Wie sie durch die Gegend ziehen, hässliche Superhelden Kostüme tragen und unschuldigen Passanten ihren billigen Scheiß aus ihren nervigen Bauchläden verkaufen wollen! Vorzugsweise sind diese Junggesellenabschiede ja auch noch aus derselben Gegend, wie die Leute, die man irgendwo in der Welt trifft und die einem dann voller Inbrunst sagen: "Ich komme aus Frankfurt", man freut sich und fragt: „Woher aus Frankfurt denn genau?" Und dann sagen die „Butzbach"! Ich meine, BUTZBACH? Die haben so viel mit Frankfurt zu tun, wie Melonen mit der Raumfahrt! Butzbach ist verdammt nochmal nicht Frankfurt! Ich sage doch auch nicht, wenn ich mit ner Frau flirte, ich bin Italiener, weil das besser klingt und Deutschland ja global gesehen auch irgendwie in der Nähe von Italien liegt, nur um bei ihr Eindruck zu hinterlassen. Was soll das denn? Und warum kommen die für ihre Scheiß Junggesellenabschiede ausgerechnet hierher? Warum feiern die nicht in Butzbach oder Usingen oder Baunatal oder wo auch immer? Häh? Warum? WARUM? Weil es da eben langweilig und hässlich ist! So richtig langweilig. Da ist es so langweilig, dass man sonntags nichts anderes machen kann, als auf dem Sofa liegen, die Jogginghose anziehen und den ganzen Tag Dieter Bohlen dabei zuschauen wie er der Leute beleidigt, denen irgendjemand mal gesagt hat, „Ey du kannst voll toll singen", dabei können sie weder singen, noch klatschen oder ihren Namen tanzen. Aber auf so einem Jungessellen-Abschied, nach 24 Feiglingen, die man auf dem Weg aus den Käffern nach Sachsenhausen getrunken hat, man hat ja Zeit, sagt man sogar dem grenzdebilen Typen, der seit drei Stunden besoffen am Tresen hängt und zu jedem Song „mitsingt", dass er voll talentiert ist! Und dann tritt der sechs Monate später wirklich beim Supertalent auf und die können dann auf dem Sofa liegen und sagen: „Ey, den kenn ich, den hab ich in Frankfurt getroffen!" Und wenn sie irgendwann mal wieder in der Welt unterwegs sind und gefragt werden wo sie so her kommen oder wenn sie im Dschungel landen, dann sagen sie: „Ja, aus Frankfurt. Ich kenne sogar diesen einen Typen, der beim Supertalent mitgemacht hat und da mit unrhythmischem Klatschen leider keine Runde weiter gekommen ist." Lasst es mich noch mal sagen: Nein! Die kommen nicht aus Frankfurt! Die kommen noch nicht mal aus der Nähe von Frankfurt! Wenn man nicht einfach in eine S-Bahn steigen kann und in 30 Minuten an der Konsti ist, dann ist das nicht die Nähe von Frankfurt! Wer erst eine Stunde aus seinem Dorf mit dem Bus fahren muss, um zu einer S-Bahn-Haltestelle zu kommen, um in einer halben Stunde an der Konsti zu sein, der wohnt am Arsch der Welt und nicht in der Nähe von Frankfurt! Das hier ist nicht Berlin! Und diese Leute hängen doch alle nur am Sonntag auf der Couch, weil sie immer bis 6 Uhr in Frankfurt feiern müssen, weil vorher kein Bus nach Hause fährt und sie noch auskatern müssen! Und weil ich diese feiernden Vorort Freaks nicht ertrage, gehe ich nur unter der Woche nach Sachsenhausen. Und am Sonntag schreibe ich Texte und mach mir Gedanken! Und OMG hab ich mir Gedanken gemacht! Wenn ich irgendwann mal heirate, weil der Italiener Trick funktioniert hat, dann mach ich einen Junggesellenabschied und zwar bei denen im Kaff! Irgendwo in Butzbach, Baunatal oder Usingen, und da ziehe ich dann mit meinen Jungs bis nachts um 5:30 durch das Dorf und pisse überall hin und randaliere in der Dorfkneipe und wir tragen alle passende Superhelden Kostüme und verkaufen an den Haustüren Mini Dildos an die zu Hause gebliebenen Partner oder Eltern und schmeißen die leeren Feigling Flaschen einfach auf den Boden und kotzen in die Vorgärten! Und wenn jemand fragt, wo wir herkommen, dann sagen wir „aus Butzbach"! Und wenn jemand nachfragt woher genau, sagen wir Usingen und dann wollen wir mal sehen, wie das dort mit der Toleranz für Alternative Fakten bestellt ist.

Und nach Altsachsenhausen gehe ich nur wirklich nur noch unter der Woche, ins London Pub zum Beispiel, da passieren geile Sachen, immer am zweiten Mittwoch im Monat. Und jetzt ist der Text fast fertig und ich hab das Wort „Wassermann" noch garnicht untergebracht. Ach, was solls, ist auch egal. Ist jetzt sowieso schon fast 18:45 an nem Sonntag und ich hab den ganzen Tag nichts anderes gemacht als nen blöden Text zu schreiben und dabei ne echte Hose getragen, verdammt! Ey, hätte ich doch einfach meine Jogginghose anbehalten, mich auf die Couch gelegt und Dieter Bohlen beim Menschen beleidigen zugeschaut!

Hausaufgabe der Slamshow „Wir müssen reden". Schreibe einen Text mit den Worten: Wassermann, Sachsenhausen, Superhelden, London Pub, Dieter Bohlen

Yoga

Mein Kumpel Christian ist dem aktuellen Fitnesswahn verfallen. Sein Körper ist jetzt ein Tempel. Ein Tempel mit entspannten 20kg Übergewicht, aber ein Tempel und weil ich ihn eben unterstützen will und mein Körper eher der Klagemauer gleicht als einem Tempel, bin ich jetzt hier. Ich rege mich nicht auf, ich bleibe ganz entspannt, ich ruhe in mir selbst. Wuuuusaaaaa, ich bin meine eigene Mitte! Ich bin verdammt nochmal meine eigene scheiß Mitte! ICH RUHE IN MIR SELBST! Ok, vergiss es, ich raste aus! YOGA, wirklich YOGA?!? Ob bei mir noch alle Latten am Zaun sind, frag ich mich und schaue durch die Reihen des Männer Yoga Kurses. Ich Depp bin wirklich mitgegangen, weil Christian gesagt hat, er wäre jetzt beim Männer Yoga und das wäre eine bewusstseinserweiternde Erfahrung und mir würde das auch gut tun und ich Vollidiot habe Ja gesagt! Ich hab wirklich Ja gesagt und jetzt bin ich hier, mache den Sonnengruß zum fünften Mal, weil mein jovialer Yogalehrer

Jürgen Wert darauf legt, dass ich bei der Ausführung von Beginn an alles richtig mache.

Aber ich mache alles falsch und das ist frustrierend! Viel frustrierender, als einfach auf meinem zu Sofa liegen, denn da kann ich nichts falsch machen, da bin ich großartig drin. Im Sonnengruß machen bin ich weniger großartig, man könnte auch sagen ich bin der Brexit des Kurses. Keiner weiß, was das soll, was ich da mache, ich glaube, es würde mir gut tun - aber in der Realität ist es die Hölle für mich und für den Rest der Welt muss mein Anblick beängstigend wirken. „Konzentrier´ dich einfach auf deine Atmung." sagt Jürgen. Also konzentriere ich mich auf meine Atmung. Einatmen, ausatmen, einatmen, ausatmen, LANGWEILIG, einatmen, ausatmen, Atmen kann ich. Wahnsinn, ich kann atmen. Danke Jürgen, jetzt fühle ich mich gleich besser. Ist ja nicht so, dass Atmen irgendwie komplex ist, Atmen ist sogar ganz einfach, schau mal Jürgen! Einatmen, ausatmen. Ist ja keine Atomphysik dieses Atmen, mache ich seit Jahren recht erfolgreich, kann ich! "Clemse so nicht! Du klingst wie ein Saugroboter" sagt Jürgen. Ok Memo an mich, ich kann auch nicht richtig atmen. Torben, der wirklich eine Leggins trägt, also so wirklich hauteng, so dass man alles sieht, also wirklich alles, sowohl seine enorme Fleischpeitsche als auch seine Straußeneier, auf denen man locker sitzen könnte, macht gerade eine Übung und ist wohl extremst entspannt, denn er lässt direkt vor meinem Gesicht einen Fahren. Ok evtl. kann ich mich hier doch integrieren, furzen kann ich sicher! Ich verstehe nicht, was ich hier mache. Nur weil Christian seit Neujahr auf seine guten Vorsätze völlig ausrastet, er hat aufgehört zu trinken, er raucht nicht mehr, isst nur noch grüne Dinge und versucht jeden von seinem New-Way-of-Live zu überzeugen, als wäre er ein veganes Sektenmitglied, bin ich halt mal mitgegangen. Zum Männer Yoga, ehrlich?!? Um mich hier so richtig zu integrieren, habe ich mich jetzt entspannt und auch einen Fahren gelassen und zwar einen Bilderbuch Furz. Einen Furz, der perfekt ist, mittellaut, recht lang, guter Bass, am Ende ein leichtes Fiepen und ein Geruch, der mit innerer Verwesung im Endstadium nur unzureichend beschrieben wäre. Ich erwarte Applaus für diesen Furz, so perfekt war er, so verdammt perfekt, wenn dieser Furz ein Liebesfilm wäre, dann wäre es ein Disney Film! Aber im Männer Yoga gelten die einfachsten Gesetze zwischenmännlichen Zusammenlebens nicht. Sowas wie:

Man bekommt Respekt für einen geilen Furz, die Schwester des Kumpels ist Tabu oder man muss sie heiraten, und auf den Grill kommt Steak. Hier leider nicht. Das Yoga Sozialgesetzbuch verstehe ich nicht. Aber Christian ist voll im 60 Tage Body Change Challenge Modus. Er hat sich von Sophia Thiel inspirieren lassen, die berühmt damit geworden ist, dass sie Sport macht. Also viel Sport, also nur Sport und deswegen einen Körper hat, als hätte ihn Michelangelo eigenhändig in Mamor gemeißelt! Sonst kann Sophia Thiel - nichts, also nichts außer Frauen beim Blick in den Spiegel ein scheiß Gefühl geben.Weil sie halt nur Sport macht und nichts isst, und wenn sie mal was isst, dann gibts eine Smoothiebowl *#feelgoodfood*.

Und da wollen alle jetzt hin, ständig wird gesund gegessen. In meiner liebsten Currywurst Bude gibt es jetzt FeelGood Wurst, aus Saitan, mit einer zuckerreduzierten Soße aus Rote Beete, Ingwer und Curry und natürlich Süßkartoffelpommes. In einer scheiss Currywurst Bude! Verdammt, ich gehe doch nicht zur Currywurst Bude weil ich was gesundes essen will. Ich gehe da hin, weil ich an meiner persönlichen Body Change Challenge arbeite! Die geht in die andere

Richtung! Wollen wir doch mal sehen, wie viele Kilos ich in kurzer Zeit zunehmen kann! Und dann mache ich Instagramfotos mit dem Hashtag *#Feedgoodfood #allcarbs*

Ich schwöre, jedesmal wenn irgendjemand das Bild einer aufgefächerten Avocado in eine Schale voller gesunder Sachen auf Instagram teilt, stirbt ein mexikanischer Tortilla Chip! Und Chips sind es doch, die einen glücklich machen und nicht dieser scheiß Yoga Kurs. Okay, eigentlich macht Guacamole glücklich! Guacamole mit Tortilla Chips! Aber auf keinen Fall eine Smoothiebowl, deren Zubereitung länger dauert als ein handelsübliches Straußenei in einem Straußeneierkocher braucht bis es weich ist! Also locker 40 Minuten! Das habe ich gegoogelt. Ich glaube mittlerweile auch, dass das bei mir alles garnicht wirken würde. Scheinbar wirkt dieser ganze Kram nämlich nur, wenn man ihn mit der Welt teilt. In einem durchschnittlichen Cross Fit Kurs werden mehr Fotos gemacht als bei den Oscars, Training scheint nur noch zu wirken, wenn man die "Erfolge" auf Instagram teilt, und die Community dir sagt, wie geil du bist! Und ich bin nicht geil, ich bin 32! Und die Geister der letzten Jahre voller Alkohol, geilem Essen, Kippen und Party sitzen bei mir auf den Hüften und feiern Afterhour! Aber dafür fühlt sich neben mir plötzlich jeder gesund! Das sollte Sophia Thiel mal hinbekommen! Dass sich die Leute besser fühlen!

Jürgen beendet den Kurs, und ich geh jetzt erstmal in meine Currywurst Bude, den Yoga Blödsinn kontern! Richtig schön Rindswurst mit Pommes, aber ich glaub ich mach von der geilen Rote-Beete Ingwer Curry Soße drauf, Gott ist die lecker! Und soooo gesund!

Hausaufgabe „Wir müssen reden". Schreibe einen Text mit den Worten Brexit, Disney, Straußeneierkocher, Saugrobo-ter, Sozialgesetzbuch

Der Technik-Opa

Alles begann mit einer Idee. Niemand konnte damit rechnen, dass es wirklich so weit gehen würde. Eigentlich wollten wir ihm nur eine Freude machen, eine neue Welt zeigen, ihm eine Beschäftigung geben. Und jetzt hatten wir den Salat. Mein Großvater wurde zum Technik Nerd.

Als wir ihm zum Geburtstag ein IPad schenkten, war seine Reaktion darauf eine Mischung aus Verwunderung, Ablehnung, Irritation und einer in meiner Familie üblichen großen Portion gespielter Begeisterung. In den ersten Wochen musste ich ihm als technisch begabtester Vertreter meiner Familie bei der Bedienung des "Apparats" helfen. Wobei es in meiner Familie einfacher ist Technik-Verständnis zugesprochen zu bekommen, als im Armdrücken gegen einen Dreijährigen zu gewinnen! Ich sagte also etwa alle drei Minuten den Satz: "Ja, Opa, genau, du musst jetzt nur den Home Button drücken, den Home Button, ja genau das Ding, das du 'Pöppel' nennst. Vorne auf dem Apparat, ja, genau den!"

Nach einigen Stunden kannte er den Home Pöppel und lernte auch ansonsten erstaunlich schnell, allerdings stellte ich mich darauf ein, in den nächsten Wochen von ihm mit weiteren Fragen belagert zu werden. Doch es kam alles anders, denn ich hatte einen Faktor unterschätzt. Deutlich unterschätzt. Die ihm zur Verfügung stehende Zeit. Mein Großvater ist 88 Jahre alt und hat in der Woche wenn es hoch kommt noch vier Termine: Krankengymnastik, Kirche, Freunde treffen und den obligatorischen Besuch beim Arzt. Auch wenn er für alles mittlerweile doppelt so lange braucht, bleibt, dank seines verkürzten Nachtschlafs, genug Zeit die FAZ komplett zu lesen und Artikel für mich auszuschneiden, oder Briefschach zu spielen oder eben etwas zu tun, das ich niemals tun würde unter keinen Umständen. Er las die Gebrauchsanweisung des IPad, komplett und mehrfach und er schrieb sich Fragen raus. Und um mir zu präsentieren, was er gelernt hatte, rief er mich per Facetime an. Dabei hielt er den Apparat allerdings mit beiden Händen so, dass sein Daumen die Kamera halb verdeckte und er seinen

Kopf verrenken musste, um überhaupt noch gefilmt zu werden.

Ich konnte seine Fragen nicht beantworten und musste meinem Großvater gestehen, dass mein Technik Verständnis nur darin bestand zu sagen, "Mach das Gerät mal aus, okay, und jetzt wieder an". Für alles andere musste ich googeln. Also bestand er darauf googeln zu lernen. Bis zu diesem Zeitpunkt behandelte er Google wie seine ehemalige Assistentin. Eine klassische Suchanfrage meines Großvaters lautete: "Google würden Sie mir bitte sagen, wann die nächsten Wagner Festspiele genau stattfinden und ob es noch Karten im Vorverkauf zu erwerben gibt? Vielen Dank für Ihre Mühe"

Er siezte Google und bedankte sich schon vorher. Ich erklärte Ihm, wie man richtig sucht und war ab diesem Zeitpunkt alle mir zugeschriebenen Superfähigkeiten im Umgang mit Technik los. Er dagegen war infiziert von seiner neu erworbenen Kompetenz und rastete im Elektronik Fachhandel aus. Kindel, Flatscreen, AppleWatch, Scanner, Sonos Soundsystem um Musik zu streamen, IPhone, Selfiestick, über das Internet steuerbare Thermostate, Lampen und

Küchengeräte, und so weiter. Die Familienfotos wurden digitalisiert, katalogisiert und in der Cloud für alle bereit gestellt. Seine Wohnung glich immer mehr einem HiFi Show Room.

Gelegentlich kam es allerdings noch zu kleinen Fehlern. Als er die Diktierfunktion des IPhones entdeckte, schickte er mir folgende Nachricht: "Hallo Komma Leerzeichen komm Leerzeichen doch Leerzeichen mal Leerzeichen wieder Leerzeichen vorbei Ausrufezeichen."

Dann machte er den Fehler, den jeder von uns schon mal gemacht hat, er googelte seine Krankheits-Symptome. Was bei mir dazu führt, dass ich die nächsten 24h in der panischen Angst lebe, morgen zu sterben, da der leichte Husten in Kombination mit Kopfschmerzen eindeutig ein Gehirntumor sein muss, potenzierte sich bei ihm noch mal deutlich. Er teilte bei Facebook Bilder seines Auswurfs, komischer Altersflecken und ekeliger Ausschläge. Verabschiedete sich jedes mal so, als würde er den nächsten Tag nicht mehr erleben und fuhr jeden Tag zu einem anderen Arzt.

Aber das ist noch nicht alles. Inzwischen werde ich täglich bei WhatsApp mit Katzenbildern und Links von FAZ Artikeln bombardiert, außerdem meldet er sich, wenn ich seine unter @Opa_1927 geteilten Instagram Fotos nicht binnen vier Stunden like und wirft mir vor "Ich hab bei WhatsApp gesehen, dass du online warst". Also like ich Opa beim Straßenbahn fahren, Opa auf dem Treppenlift, Opa bei der Krankengymnastik, Opa in der Kirche und Gruppenselfies mit anderen alten Menschen, immer schön von rechts oben.

Was bei Mittzwanzigern schon reichlich unangenehm wirkt, könnte man bei einem 88-Jährigen als putzig und etwas schrullig abtun, aber wie nervig ein solches Verhalten ist, wird doch erst wirklich deutlich, wenn es jemand macht, von dem man es nicht erwartet!

Ich hänge ja auch nicht den ganzen Tag am Fenster und schnauze die Kinder im Hof an, sie sollen woanders spielen. Oder kehre am Samstagmorgen die Straße vor meiner Tür, oder trage braune Kort-Hosen, die ich mir bis unter die Achseln ziehe!

Naja, das Ganze hat auch was Gutes. Ich habe jetzt Ruhe von den nervigen Fragen meiner Verwandtschaft, warum ihr Internet nicht mehr geht. Ich habe das FAZ Abo von meinem Opa vererbt bekommen, eine wunderschöne Uhr von 1960, einen Plattenspieler mit den besten Platten seit '52 und eine klassische Spiegelreflexkamera mit unzähligen Objektiven. Außerdem noch Unmengen echter Bücher, die FamilienFotoalben und einen Freund für Briefschach aus Österreich. Schließlich noch eine echte Schreibmaschine. Doch aus irgendeinem Grund nennen mich die Leute jetzt Hipster....

Disney Liebe

Single sein ist ne richtig geile Sache! Das war vor zwei Jahren auch mal mein Gedanke. Einfach mal richtig ausleben, all das nachholen, was ich in einer jahrelangen Beziehung wohl verpasst hatte, Dating 2.0 ausprobieren, schauen ob Tinder wirklich so einfach ist, wie alle meine Single Freunde jahrelang behaupteten, sich selbst auf Bühnen Lebemann nennen, sein Leben mal so richtig auskosten! Geiler Plan! Also legte ich los, Vollgas ins Vergnügen, ohne Rücksicht auf Verluste! Und ich stellte fest, dass ich so richtig schlecht darin bin! Das beginnt mit der Tatsache, dass meine Antennen dafür, ob sich jemand für mich interessiert in etwa so gut funktionieren wie Handyempfang bei O2. Immer, wenn ich die Antennen brauchen würde, habe ich keinen Empfang, und drei Stunden später kommt dann auch bei mir mal die Nachricht an: Moment, ich glaub die fand dich wohl ganz gut! Da lieg ich dann aber schon wieder alleine im Bett. Super! Sollte ich es zur Abwechslung doch mal raffen, gehen die Probleme weiter, denn flirten kann ich nicht.

"Hey, du siehst garnicht mal schlecht aus" ist immer ein guter Gesprächseinstieg oder sowas wie "Du riechst ja sogar ganz akzeptabel". Mh ja, das wirkt kaum creepy! Und wenn wir gerade dabei sind, noch weniger, als dass ich merke, dass mich jemand cool findet, merke ich, wenn ich die Option habe eine abzuschleppen! Ich raff es garnicht! So überhaupt GAR NICHT!

"Och hier ist es doof, du hast doch sicher ne Playstation zu hause? Wollen wir nicht lieber ne Runde bei dir zocken?" Das ist wirklich passiert! Meine Antwort war: "Ja, ich hab zwar ne Playstation, aber nur einen Controller, ist doch auch doof, lass lieber hier bleiben!" Clever, sehr sehr clever der Lebemann! Oder der Abend, an dem ich zwei Frauen mit nach Hause genommen habe, die um 0:30 an einem Freitag keine Möglichkeit mehr sahen, mit der S-Bahn von Frankfurt nach Offenbach zu fahren und ja irgendwo schlafen mussten. Von Frankfurt nach Offenbach! Die Bahnen fahren selbst unter der Woche die ganze Nacht! Zwei Frauen! Es ging um den Gürtel!!! Und was mache ich? Ich lasse die Beiden in mein Bett und schlaf selbst auf dem SOFA!!! Auch wirklich passiert...

Ihr seht, zu behaupten ich hab´s voll drauf, wäre leicht über-
trieben. Aus irgendeiner genetischen Disposition heraus,
gehöre ich eben zu der Sorte Mensch, die sich verliebt, also
schnell, also auch nicht immer, aber doch oft. Vor allem im
Winter, da verliebe ich mich quasi stündlich und dann tag-
träume ich, weil ich es mag mich auf etwas festzulegen! Mit
dir, ja genau mit dir, hab ich gedanklich, seit ich auf der
Bühne stehe, schon Urlaub gemacht, zwei Kinder bekommen, ein Haus gebaut und mir überlegt, dass es sinnvoll
wäre Paul und Alexandra für ein halbes Jahr in die USA zu
schicken, damit sie ihr Englisch verbessern und wie wir zwei
unsere freie Zeit ohne Kinder dann nutzen können. Koch-
kurs, Jetski fahren oder sowas. Aber keine Angst, auch wenn
ich hier auf der Bühne stehe und selbstbewusst wirke, ich
spreche dich nachher auf keinen Fall an, weil in meinem
Kopf war das zwischen uns schon perfekt und ich hab Angst
davor, dass sich die Realität eben doch als das schmerzhafte
Arschloch entpuppt, das sie nun mal häufig ist! Scheinbar ist
mein Wunsch danach, sich festzulegen bei all den Bindungs-
ängsten der Generation "Y" auch total antiquiert. Sich auf
was festzulegen, ist in etwa so cool wie Musik auf Schall-
platte! Hatte früher jeder, war ganz normal, finden die Meis-

ten auch heute noch irgendwie ganz cool, aber eben nur wenn´s jemand anders macht. Und nicht man selbst.

Wo wird dieses "lass uns dem Kind lieber keinen Namen geben" am Ende hinführen? Ich meine, wir schlafen zwar seit sechs Monaten miteinander, kennen alle unsere Freunde, sind immer zusammen unterwegs, aber hey, ne ne, ne Beziehung ist das nicht. Wir würden gerne beide irgendwie weiter unser Ding machen und wer weiß, wie lange das überhaupt gut geht, und auf diese Verantwortung haben wir jetzt auch keine echte Lust.

Und in sechs Jahren dann so: Nee komm, lass uns den "Kindern" mal keinen Namen geben, ich mein wir kennen die gerade mal seit drei und fünf Jahren, und wenn wir die jetzt Paul und Alexandra nennen, dann wird das ja voll real und dann haben wir Verantwortung und so. Ich meine, außerdem ist doch jetzt schon klar, dass die ausziehen und dann eh alles vorbei ist!

Aber zurück zu mir: Verkürzt gesagt, ich bin auf keinen Fall der Lebemann, der ich vor knapp zwei Jahren mal werden wollte! Wenn ich dich heute Abend auf nen Kaffee zu mir einlade, dann meine ich erstmal nur einen Kaffee, egal ob wir schon 0:30 haben, guter Kaffee geht immer! Ok und eventuell unternehme ich den unbeholfenen Versuch mit dir zu knutschen, aber nur, wenn O2 mal wieder Empfang hat und du mir Signale gibst, die reichen würden einen Jumbo Jet auf seine Parkposition zu befördern!

Und wenn ich dann sehe wie sich zwei Leute, die sich augenscheinlich wirklich mögen, wo alles passt aus, irgendwelchen Gründen eben doch nicht trauen, weil um die Ecke dann vielleicht doch noch die Disney-Liebe stecken könnte, oder man Angst hat verletzt zu werden, oder im eigenen Leben gerade echt alles viel zu stressig ist, um sich wirklich auf den Gegenüber einzulassen, weil es eventuell nicht passen könnte und dann wird es noch stressiger. Oder, noch schlimmer, eventuell ja sogar wirklich passt und man dann plötzlich festgelegt ist. Dann verstehe ich das nicht, dann bin ich gerne nicht der Lebemann.

Ich will mehr Konkretes! Ich will mich verlieben, alle 30 Minuten, am liebsten immer wieder in dieselbe Frau! Ich will mit ihr tagträumen, ich will mich auf jemanden festlegen! Auch wenn eventuell hinter den sieben Bergen bei den sieben Zwergen irgendetwas sein könnte, dass noch perfekter ist als sie! Auch wenn es schiefgehen kann. Und ich will meinen Kindern Namen geben bevor sie geboren werden!

Ich will auf keinen Fall der Lebemann sein, sondern einfach ich selbst!

Jan Cönig

Wald Thing

Zwischen dichten Fichten, übermannshohen Tannen
wo Spinnen Gespinste in die Astgabeln spannen,
spielen Hase und Rehkitz, Bache und Keiler
Zwischen Moos und Gewächs, Wiese und Weiler

Spechte morsen Gruselgeschichten für die Mäuse
Der Boden ist voll Leben, die Blätter voll Läuse
Vögel zwitschern, in der Ferne grillt die Grille
Die Stimme des Waldes schwingt dezent durch die Stille

„Anna, Hassan, Mirjam, Leo, Fabian, Cansu, Dennis, Songül, Justin, Albert, Katharina, Steve! Kommt mal her. Durchzählen! 14. Okay. Los geht's."

Ich bin auf Walderkundung mit 14 Grundschulkindern. Damit die kleinen städtischen Smartphoneprofis mal was über die Natur lernen. Ich zeige auf eine Pflanze.

„Wisst ihr, was das ist?"

„Ein Baum." sagt Fabian.

„Fast." sage ich. „Das ist eine Brennnessel."

„Au." sagt Dennis, der sie natürlich angefasst hat. „Wisst ihr, was das ist?" frage ich. So schnell gebe ich nicht auf.

„Eine Brennnessel." antwortet Justin.

„Fast. Das ist ein Ameisenhügel."

„Und was ist das für eine Pflanze?" fragt Albert.

„Das ist ein Stein."

„Ich habe auch einen Stein." sagt Steve.

„Nein, Du hast Hundekot." sage ich.

„Katharina hat einen Vogel getötet." ruft Hassan aufgeregt.

„Hab ich nicht!" sagt Katharina, die gerade ein Selfie mit einer toten Amsel macht.

„Wusstet ihr, dass Tannenzapfen nach der Fibonacci Folge angeordnet sind?", versuche ich nochmal mein Glück.

„Was sind Tannenzapfen?"

„Wer hat die angeordnet?"

„Was ist Fibonacci?"

Bevor ich antworten kann, meldet sich Mirjam: „Mein Handy sagt, das sind Kiefernzapfen. Weil Tannenzapfen wachsen nach oben und Kiefernzapfen nach unten."

„Mein Papa ist Kiefernorthopäde!" ruft Justin stolz.

„Genau. Und da hinten läuft ein Einhörnchen den Baum rauf." antworte ich.

Die Kinder folgen neugierig meinem Blick.

„Mein Handy sagt, es gibt keine Einhörnchen!" sagt Cansu.

„Ihr packt jetzt mal alle eure Smartphones weg." sage ich.

„Aber ich habe so eine App, die kennt alle Pflanzennamen."

„Schön für die App. Aber ihr sollt das selbst wissen."

„Wieso?" mischt Albert sich ein.

„Weil...vielleicht gibt es irgendwann keine Smartphones mehr." Erschrockene Blicke.

„Wieso?" fragt Hassan.

„Weiß ich nicht. Vielleicht kollabiert die Weltwirtschaft und es gibt keinen Strom mehr."

„Sicher wegen Trump." meint Leo.

„Nein, nicht wegen Trump."

„Wieso dann?"

„Das ist doch jetzt egal. Was machst Du denn, wenn Du im Wald bist und Dein Akku ist leer?"

„Ich habe eine Power Bank." ruft Cansu stolz.

„Die ist auch leer."

„Wieso bin ich im Wald?" fragt Mirjam.

„Vielleicht, weil Zombies in der Stadt sind." meint Fabian.

„Nein, es sind keine Zombies in der Stadt." langsam verliere ich die Geduld.

„Warum sind wir dann im Wald?" fragt Mirjam wieder.

„Weil euch jemand ausgesetzt hat."

„Wer?" fragt Dennis

„Irgendwer."

„Wieso?" fragt Fabian.

„Wegen Trump."

Das stellt die Kinder zufrieden.

„Leo, heb sofort das Bonbonpapier auf!"

„Aber ich lege eine Spur. Wie bei Hänsel und Gretel. Damit wir zurückfinden."

„Hänsel und Gretel haben Brotkrumen ausgelegt." antworte ich.

„Meine Mama sagt, Essen wirft man nicht weg." sagt Hassan.

„Außerdem," holt Leo aus „haben die Vögel das Brot gefressen. Wenn sie Müll ausgelegt hätten, wären sie nicht verloren gegangen."

Das ist ein bisschen dumm und ein bisschen schlau.

„Schaut doch mal, was für Tiere ihr hier im Wald findet."

„Ich hab einen Vogel." sagt Katharina.

„Hier sind Spinnen." sagt Hassan.

„Iiiiih!" sagt Katharina.

Songül entdeckt eine Schnecke.

„Schau mal Dennis, sogar die Schnecke hat ein Haus. Und Deine Eltern haben nur eine Wohnung."

„Durchzählen!" rufe ich, um die Situation zu retten.

„15. Wer bist du denn?"

Vor mir steht ein kleiner, neugieriger Junge.

„Max." sagt er fröhlich.

„Herr Cönig, lebt Max hier im Wald?" fragt Justin.

„Ja." antworte ich.

„Und wo sind seine Eltern?"

„Die sind weg."

Max weint.

„Vielleicht sollten sie mal seine Eltern anrufen, Herr Cönig."

„Gute Idee. Aber mein Akku ist leer."

„Hast Du keine Power Bank?"

„Nein, ich habe keine Power Bank."

„Haben Deine Eltern Dich auch im Wald ausgesetzt, Herr Cönig?"

„Nein, das haben sie nicht!"

Die Eltern von Max kommen vorbei, schnappen sich ihren völlig verstörten Sohn und gehen kopfschüttelnd weiter.

„Wisst ihr," sage ich zu den Kindern „die Natur ist so was

wie die Power Bank von uns Menschen."

„Kann man mit Natur sein Handy laden?"

„Nein, ich meine das metaphorisch."

Leere Blicke

„Das ist ein Bild."

„Mein Handy sagt, das ist ein Baum."

Ich atme tief ein.

„Die Natur gibt uns Kraft und Energie und Sauerstoff. Wir brauchen die Natur, wie das Handy die Power Bank."

Es folgt ein kurzes Schweigen.

„Und was ist mit den Tieren?" fragt Songül.

„Was soll denn mit den Tieren sein?"

„Ist die Natur für die Tiere auch eine Power Bank?"

„Ja. Die Natur ist für alle eine Power Bank."

„Nicht für meinen Vogel, der ist tot." sagt Katharina.

„Auch der ist Teil vom natürlichen Kreislauf. Ein Tier, das stirbt, wird von anderen Tieren gegessen, die dann weiterleben und einen Beitrag leisten."

„Ich glaube, wir sind auch im Kreis gelaufen." sagt Leo.

„Hier liegt ein Bonbonpapier! Nee, ist gar nicht von mir."

„Vielleicht hat jemand anders auch eine Spur gelegt." meint Albert. „Nein," sage ich „das ist einfach nur Müll, den irgendwer in den Wald geworfen hat."

„Aber wieso machen die Leute das, Herr Cönig?"

„Weil sie nicht nachdenken."

„Ist doch voll dumm!"

„Ich passe auf meine Power Bank immer gut auf."

„Haben die keinen Herr Cönig, der ihnen das verbietet, Herr Cönig?"

„Nein, das haben sie nicht."

„Können wir hier bitte aufräumen, Herr Cönig?"

„Ja, von mir aus."

„Darf ich meinen Vogel mit nach Hause nehmen, Herr Cönig?"

„Auf gar keinen Fall!"

Zwischen dichten Fichten, übermannshohen Tannen
fangen die Kinder an, den Müll einzusammeln.
Neugierig gehen wir dann noch etwas weiter
über Moos und Gewächs, Wiese und Weiler

Spechte morsen Gruselgeschichten für die Kleinen
die ohne App und Smartphone so richtig glücklich scheinen
Vögel zwitschern, in der Ferne lachen die Bachen
Die Natur ist perfekt, wenn wir sie nicht kaputt machen.

Mega Mighty Man Man

Superhelden gibt es wirklich. Was wäre das denn auch sonst für eine Welt? Sie halten sich nur gut versteckt. Der Superheld, von dem ich euch heute erzählen möchte lebte im wahren Leben als Inge, 89 jährige Zeitungszustellerin – ihr wisst schon, diese Werbezeitungen. Inge hatte mit 14 damit angefangen, die Zeitungen zu verteilen, das machte sie jetzt also seit 75 Jahren. Denn Inge war sehr langsam. Spaß. Sie hatte einfach ihre Sparte gefunden. Niemand auf der ganzen Welt hatte so viel Erfahrung mit dem Austragen von Zeitungen wie Inge. Daher war sie eine weltweit geschätzte Fachkraft für Zeitungsaustragungsangelegenheiten und wurde ständig auf Zeitungsausträgerkongresse (kurz ZAK) in der ganzen Welt eingeladen. Dann sagte sie ihren Nachbarn Rita und Dieter „Ich bin mal wieder auf Zak!" und alle lachten. Sie waren beste Freunde und jede Woche gingen Inge, Rita und Dieter bowlen. Aber es ging nicht immer so lustig zu. Wenn es dunkel wurde, stellte Inge ihren Rollator auf die Seite und wurde „Man Man", der männlichste Superheld der Welt. Das Kostüm von Man Man bestand aus einem schwarzen Umhang einer schwarzen Maske, einer schwarzen Hose, einem schwarzen Gürtel und einem schwarzen Oberteil mit einem schwarzen Schutzpanzer. Und wenn es regnete, zog er sich einen schwarzen Regen-Man-tel über.

Gerade war Man Man mit Tom Tom, seinem Gehilfen, in Asien unterwegs. Tom Tom war sehr wichtig für ihn, denn er hatte eine fantastische Ortskenntnis und einen tollen Orientierungssinn. Und Man Man konnte nicht nach dem Weg fragen. Sie saßen in einem TukTuk und aßen Kuskus. Der Anblick von Tom Tom und Man Man, die in dem Tuk Tuk Kuskus aßen, war sehr lustig. Haha. Dann klingelte das Manphone, das männlichste Smartphone der Welt. Es war ein Hilferuf aus Mannheim. Das gefiel Man Man. Also schluckten Tom Tom und Man Man schnell das letzte Stück Kuskus, verließen Ruckzuck das Tuk Tuk und stiegen in das Man-Mobil. Es hatte krasse Alufelgen, superbreite Reifen, 800 PS, Ledersitze, Lenkradschaltung, 21 Gänge, Unterbodenbeleuchtung, Überbodenbeleuchtung, Sitzheizung, einen DVD Player, einen Kassettenrekorder, einen Schallplattenspieler, den bösen Blick, den guten Blick, einen Heckspoiler, einen Frontspoiler und ALLES, was Du Dir vorstellen kannst. Außerdem konnte das Man Mobil sich zu einem Roboter namens Optimist Brian verwandeln. Und fliegen. Man Man setzte sich hinter das Lenkrad und Tom Tom zeigte ihm den Weg nach Mannheim. Dort angekommen parkte Man Man in drei Zügen super souverän in einer sehr kleinen Parklücke.

BÄMM Auf einmal wurde Man Man angegriffen. Es war naM naM, sein Erzfeind. Ein Superschurke, der ihn so sehr verachtete, dass er sich wie Man Man nannte, nur andersherum. Nam Nam war sehr klein, 10 cm oder so, deswegen bemerkte Man Man den Angriff garnicht. Nam Nam machte sich an seinen Schnürsenkeln zu

schaffen. Tom Tom rief: „Man Man, es ist Nam Nam!"
„Nam Nam?" fragte Man Man. „Nam Nam!" sagte
Tom Tom und zeigte nach unten. Man Man sah Nam
Nam und reagierte blitzschnell. Mit einem lässigen
Schnicken der linken Fußspitze klatschte Man Man
Nam Nam mit 200km/h gegen die nächste Wand.
„Das wäre erledigt!" sagte Man Man und machte 1000
Liegestütze, weil er es konnte. Dann bekam er einen
Schlag auf den Kopf und wurde bewusstlos. Er träumte
von wunderschönen Frauen, die wiederum alle von
Gang Bang mit Man Man träumten. Auch Tom Tom
war bewusstlos. Als er wieder zu sich kam, war er völ-
lig verwirrt. Man Man erwachte und sah sofort, dass
Tom Tom völlig Plem Plem war. Er wollte zu ihm
gehen und fiel so hart, dass der Boden splitterte. Denn
Nam Nam hatte ihm ja die Schnürsenkel zusammenge-
bunden. Also kappte Man Man mit einem extralangen
Fingernagel, den er täglich mit einem Messerschleifer
schliff, seine Schnürsenkel und stand auf. „Das wäre
erledigt!" rief er aus.

Boom machte es, als Man Man schon wieder aus dem Nichts angegriffen wurde. Es war Hardcore Superschurke, ein mittelerfolgreicher Verbrecher, der nur dank seines Namens etwas Street Credibility erlangen konnte. Er hatte bei irgendeinem irrwitzigen Internetpreisausschreiben einen Gutschein für einen Tag lang unsichtbar sein gewonnen und witterte seine Chance, Man Man zu besiegen. Doch Man Man war vorbereitet. Er hatte von einem wahnsinnig wichtigen Wissenschaftler eine Brille bekommen, die unsichtbare Dinge sichtbar machen konnte. Die Brille hieß RayMan, weil das ein lustiges Wortspiel. Man Man zog die Ray Man auf und gab Hardcore Superschurke eine Respektschelle. „Das wäre erledigt." sagte Man Man und aß eine saftige Man-Darine. **PENG!**

Zugegeben, das ist alles Nonsens. Aber manchmal habe ich Tage, an denen ich über das Weltgeschehen meinen Kopf schütteln möchte, als wäre er ein riesiger Cocktail-Shaker und mein Gehirn eine Pina Colada. Die freie Wahl und die Möglichkeit der unabhängigen Information sind zu einem bunten Glitzerspiel geworden, bei dem laut gegen leise, schön gegen unschön und oft gehört gegen wirklich wahr getauscht wird, als wären es Panini Bildchen. Ein Spiel bei dem wir die mehr oder weniger bunten Spielfiguren geworden sind, Pins oder Kegel, und die Entwicklung ist eine stark rotierende Kugel, die uns abräumt. In einer Welt, in der die Prinzipien der Menschlichkeit fromme Sprüche auf bunten Hintergründen sind, passiert ständig Nonsens. Doch über Man Man kann ich wenigstens lachen...

Raketentreibstoff

Wir leben auf einem sich drehenden Planeten
zwischen Sternen und spähen fremden Welten entgegen
dabei bewegen wir uns, ob wir stehen oder gehen,
egal, wie viel wir von Bewegung verstehen.

Wir zerreden und zerlegen alles und jeden,
um zu sehen, wieso sich diese Dinge bewegen
streben immer neue Ziele an, um uns abzuheben
ehe das Leben uns zwingt, die Träume abzulegen

Eben diese Ebenen, die ständig voll Regen sind,
verhindern das Schweben, deswegen geh ich dagegen
sehe ständig voller Neugier meiner Zukunft entgegen
in der es sich lohnt, seinen Traum aufzuheben

Ich sitze in einem Sportwagen. Okay, einem kleinen Sportwagen. Okay, einem unmotorisierten Sportwagen. Okay, einer Seifenkiste. Ich sitze in einer Seifenkiste auf der Spitze eines sehr steilen Abhanges. Nachts.

Eigentlich ist eine Seifenkiste eine einfallsreiche, unmotorisierte und leichte Konstruktion. In meinem Fall ist es ein relativ stabiler Pappkarton mit Panzerband und Puppenwagenrollen.

Müller, mein Kumpel und Mitbewohner, hat die Seifenkiste gebaut. Müller ist für den Bau einer Seifenkiste so geeignet, wie ein Stein zum Schwimmen. Wie ein Koala zum Actionpainting. Wie ein Dreifingerfaultier zu Stepaerobic. Wie ein T-Rex zum Handstand. Ich trage einen pinken Fahrradhelm, Knieschoner, eine Schutzbrille und einem Tiefschutz. Bauch und Rücken werden von zwei Kissen geschützt, die mit einer Schnur an mir befestigt wurden.

„Bist Du sicher, dass das sicher ist?" frage ich Müller.

„Ja."

„Wirklich?"

„Ja."

„Sagst Du das, weil Du sehen willst, ob Deine Konstruktion funktioniert?"

„Ja."

„Würdest Du in Kauf nehmen, dass ich mich verletze?"

„Ja. Und los."

Er stößt mich an und die Seifenkiste nimmt Schwung auf.

Wieso mache ich das? Was treibt mich an?

Das ist nicht so einfach zu beantworten. Ich meine, was treibt ein Auto an?

Der Motor sagt der Eine. Benzin sagt der Andere. Das Gaspedal ein Dritter. Der Fahrer, sagt der Letzte. Und alle haben recht. Gut, in meinem Fall ist es eine Wette. Eine Wette mit Müller. Er wettet, dass ich mich nicht traue, in seiner Seifenkiste den steilsten Abhang der Stadt zu befahren. Hat er sich getäuscht, dieser Müller. Hah! Schuldet er mir wohl einen Euro. Falls ich überlebe.

Raketentreibstoff, denke ich. Das treibt mich an. Raketentreibstoff ist eine Spitzenantwort. Damit liegt man nie falsch. Genau wie man auf „Was ist Dein Lieblingstier?" immer mit „Panda, Faultier, Einhorn oder Dino" antworten kann. Immer richtig.

Raketentreibstoff. Das hat sowas von Astronaut, Feuer, Geschwindigkeit, Weltraum, Abenteuer. Raketentreibstoff klingt erfolgreich. Raketentreibstoff klingt nach Aufstieg.

Mit mir geht es abwärts. Unter Müllers Anfeuerungsrufen düse ich an Autos vorbei, die im Gegensatz zu mir Licht haben. Und ein Lenkrad. Ich bin schnell. Sehr schnell. Zu schnell.

Mit der Geschwindigkeit eines laufstarken Leoparden auf der Jagd nach fettester Beute rase ich auf Puppenwagenrollen nachts eine endlose Straße herunter. Ich schreie, ich lache, ich fühle den Wind, das Leben, die Geschwindigkeit, ich habe keine Kontrolle.

Ich muss zugeben, Raketentreibstoff ist ein Ablenkungsmanöver. Ich weiß nicht, was mich antreibt. Träume würde ich gerne sagen. Glück. Liebe. Erfolg. Familie. Freunde. Visionen. Hoffnung. Dabei sind es wahrscheinlich öfter Hunger, Harndrang, Angst, Hormone und Seifenkisten. Es gibt keine eindeutige Antwort auf diese Frage. Es gibt keine eine Wahrheit. Die Wahrheit ist wie die Pupille. Sie liegt im Auge des Betrachters. Und sie wird kleiner, wenn man sie beleuchtet.

Bei meiner Seifenkiste fallen gerade die Räder ab. Alle gleichzeitig. Ich schreie und verschlucke ein Insekt, dass mir dank meines offenen Mundes direkt an den Gaumen klatscht. Mein Gefährt wird nicht langsamer, dafür schlagen die Metallstangen, an denen die Räder befestigt waren, jetzt Funken und setzen den Pappkarton in Brand.

Ich sitze in einem brennenden Karton und schliddere einen Berg herunter. Einen Berg, der einfach nicht aufhören will.- Neugier! Neugier ist fast noch eine bessere Antwort als Raketentreibstoff. Neugier treibt mich an. Die Neugier auf Morgen. Auf später. Auf gleich. Die Neugier auf all die Chancen, die ich nutze und die ich verpasse. Neugier kann ein Arschloch sein. Neugier sorgt dafür, dass ich in einem brennenden Pappkarton eine Straße herunterrutsche, dass die Kissen an Front und Rücken Feuer fangen und ich wie ein lebendes Lagerfeuer durch eine Hecke, über einen Rasen und letztlich gelöscht in einem Gartenteich lande. Aber die Neugier sorgt auch dafür, dass ich über solche, hundertprozentig wahren Abenteuer schreibe, mich auf die Bühne stelle und euch davon erzähle.

Neugier ist mein Raketentreibstoff und das fühlt sich gut an. Trotz Harndrang, Angst, Hunger und Hormonen.

Born to be wild!

Die Spielzeugabteilung. Ein bonbonbuntes Plüschparadies, ein knallschöner Kaufraum für die ganze Familie. Carrera Bahnen, Lego Star Wars, 1000 Teile Puzzles, Computerspiele – und das Zeug für die Kinder. Ich bin hier, um den Todesstern von Lego zu kaufen. Für einen Freund.

Auf dem Weg zur Kasse beobachte ich einen kleinen Jungen mit einer blauen Mütze, blauem Pulli und dunkelblauer Hose. Er steht vor dem Regal mit den Puppen und greift nach dem Baby Born Boy.

Vor Schreck lässt seine Mutter die Carrera Bahn fallen und tackelt ihr Kind in bester Defense Line Manier, um das Schlimmste zu verhindern. Blitzschnell kommt der Vater aus der Ecke der Mandala-Malbücher angerannt.

„Was ist denn los?" fragt er.

„Er will eine Puppe!"

„Du meinst sicher eine Action Figur."

„Nein, dieses Ding ist weder ein Monster, noch hat es Waffen oder übertriebene Muskeln."

„Aber, irgendwas muss es doch können!"

„Pinkeln."

„Pinkeln?"

„Pinkeln."

„Was soll das denn für ein Superheld sein?"

„Kein Superheld, eine Puppe."

„Oh Gott..."

Meine Damen und Herren, ich berichte hier live vor Ort von einer waschechten Katastrophe. Ein Junge möchte mit einer Puppe spielen. Ja, sie haben richtig gehört, mit einer Puppe. Ich höre gerade, die Mutter des Kindes ist zu einem Statement bereit:

„Torben Maximilian war ein ganz normaler Junge. Dann hat er mit einer Babyborn gespielt und zack fiel ihm der Penis ab und er wurde ein Mädchen. Danke Merkel."

Torben Maximilian ist leider erst drei Jahre alt, er weiß noch nicht, was richtig und falsch ist, ihm sind die strikten, unbeugsamen Regeln des geschlechtsspezifischen Verhaltens noch fremd. Es ist an den Eltern, diesen Missstand auszubügeln. Und sie geben wirklich alles. Mit immer übertriebeneren Lockangeboten versuchen sie, den Jungen von den eindeutigen Mädchenpuppen wegzulocken. Ein Eis. Unendliches Fernsehen. Jedes Jungs-Spielzeug im Laden. Eine PS 4. Jeden Tag ein Eis. Nie mehr Zähneputzen. Ein Hund. In seiner Verzweiflung überreicht der Vater dem Kleinen sogar feierlich den Autoschlüssel...

Ja, das mit den Geschlechtern ist heutzutage gar nicht so leicht. Es gibt eine Fernsehwerbung von Braun, die hat das Motto „Real Men Iron" und zeigt durchtrainierte Typen beim Bügeln. Das neue Parfum von Joop wirbt mit dem Spruch „Real Men wear pink!" Sollen wir Cowboys sein oder Feen, darf ein Cowboy auf einem Einhorn reiten? Wenn Männer immer auf Autos stehen und Frauen auf Barbie, was ist dann mit Barbies Auto?

Ich meine, ich bin nur ein Mann. Ich bin einfach gestrickt. Die Gefühle, über die ich reden kann, sind Hunger, Durst und Schmerzen. Solange ich keinen tödlichen Männer-schnupfen habe, bin ich leicht zufrieden zu stellen. Was ist denn mit Frauen? Oder mit Mädchen? Die kriegen endlich ihre eigenen Produkte!

Überraschungseier gibt es jetzt auch für Mädchen. Natür-lich sind sie rosa. Das aktuelle Superspielzeug in ihnen die Barbie.

Die drei Ausrufezeichen. Ein Spin off der berühmten drei Fragezeichen, „Detektiv-Geschichten für clevere Mädchen". Es gibt schon über 60 Folgen und hier sind ein paar Titel: Gefahr im Fitness Studio, Stylist in Gefahr, Filmstar in Gefahr, Wildpferd in Gefahr, Mission Pferdeshow, Kuss Alarm, Küsse im Schnee, total verknallt, verliebte Weihnachten, Liebeschaos - klingt ganz schön gefährlich und verliebt.

Baby Born Boy. Die Puppe, in die Torben Maximilian sich verliebt hat. Auf der Homepage wird damit geworben, dass diese Puppe das *„Mutter-Kind-Rollenspiel noch spannender und realistischer."* macht. *„Wenn er müde vom vielen Spielen ist, muss er ab und zu auch mal echte Tränen weinen. Dann bekommt er seinen Schnuller, schließt schnell die Augen und schläft ganz friedlich ein."* Jeder, der Kinder hat, weiß, wie unfassbar realistisch das ist.
Ich könnte noch weitermachen. Es gibt Lego für Mädchen, Playmobil für Mädchen, alles rosa und Familie und Stadtleben.
Es ist nur noch eine Frage der Zeit, bis Mattel endlich nachzieht und Babo, den Antagonisten von Barbie herausbringt.

Babos Traumhaus ist ein Hobbykeller mit riesigem Fernseher und PS 4, sein Auto ist ein alter Mustang und statt Bürste und Sonnenbrille kommt er mit Bierflasche und Kippenpäckchen in den Handel. Dann dürfte wahrscheinlich auch Torben Maximilian mit einer Puppe spielen. Vielleicht hieße sie dann Baby Korn und könnte auf Knopfdruck kotzen.

Und das könnte ich auch. Proletarier aller Gender vereinigt euch!

Ein Mann kann in einem rosa Tütü auf einem Einhorn in den Sonnenuntergang reiten und Fifty Shades of Grey zitieren und ist dennoch ein Mann. Eine Frau kann einen Panzer reparieren, mit der anderen Hand Fifa zocken, eine Flasche Schnapps exen und Pornotitel rülpsen, ohne sich Sorgen um ihr Geschlecht machen zu müssen.

Die Vorstellungen im Spielzeugladen sind mir eigentlich egal, aber die in den Köpfen machen mir Sorgen. Bevor Torben Maximilian und seine Eltern den Laden verlassen, schmuggle ich ihnen noch ein Überraschungsei in die Tasche. Für Mädchen. Das wird sie vernichten.

Tour de France

Eisiger Regen fällt in glasklaren Splittern vereinzelt aus allen Wolken

Ein nebliger Tag, ein einfacher Sarg, schwarze Schirme, die Sargträgern folgen

Schnelle Schritte auf halbeingefrorenen, pfützenbewährten Friedhofswegen

Bin mal wieder zu spät, geh so ehrfürchtig es geht, den Trauernden entgegen

Beerdigungen sind wie Silvester. Naja, nicht ganz. Für das Eine macht man sich schick, geht aus, um dabei gewesen zu sein, hofft auf gutes Essen – und das andere ist Silvester. In jedem Fall zieht man ein Fazit. Mein Opa hatte ein gutes Leben. Ich sehe ihn strahlend in seinem Schrebergarten sitzen, die Hände vor dem Bauch gefaltet und höre ihn mit einem gemütlichen Grinsen im Gesicht sagen: „Du wirst noch zu Deiner eigenen Beerdigung zu spät kommen." und „Ich habe alle Zeit der Welt." Leider nicht, Opa. Deine Zeit ist um. Und meine ist flüchtig wie Quecksilber. Ich habe keinen Bart, weil es im Trend ist, ich habe einfach keine Zeit, mich zu rasieren. Ich lese nicht mehr, ich höre Hörbücher, während ich in der Bahn sitzend Emails beantworte oder meinen Freundeskreis dank WhatsApp Gruppenchat effizient organisiere.

Ich fühle mich wie Momo, umgeben von grauen Herren, die hektisch an ihren Zeitzigarren ziehen. Nur hat Momo nicht aufgegeben. Ich habe es. Ich habe ständig das Ticken der Uhr in den Ohren. Meine Tage sind wie deutsche Urlauber am Ballermann – ständig zu voll.

Ich bin das Kaninchen von Alice im Wunderland. Ein Uhrzeitkrebs, der nachgeht. Meine Sanduhr ist voller Wasser, es rinnt nicht, es strömt. Keine Zeit, keine Zeit. Ich renne in einem riesigen Hamsterrad, bin der Esel mit der Karotte vor der Nase, der Kassierer im 24 Stunden Supermarkt auf Doppelschicht, der Kolibri, der Angst hat, bei Stillstand zu sterben. Ich will nicht mehr! Der kleine Jan will aus dem Stressparadies abgeholt werden. Von einer Schnecke. Einer Schnecke auf dem Rücken einer riesigen Schildkröte. Dann geht es eben nur so langsam. Dann hört das Zeit geben auf und das Zeit nehmen fängt an. Dann ist die Welt auf einmal mehr, als eine vorbeirasende Landschaft in bunten Schlieren.

Du hetzt durch Dein Leben, machst es allen recht, um ein guter Mensch sein zu können

Dann erinnert der Tod Dich daran, dass Du sterblich bist und Du stoppst das Rennen

Dass wir am Sterben das Leben messen, ist so sinnlos und absolut menschlich

Wir brauchen manchmal den Schuss vor den Bug, um zu lernen, das Leben ist endlich

Mein Opa lebte sein Leben in vollen Zügen. Er war Fahrkartenkontrolleur. Okay, das ist ein schlechter Witz, aber er hätte ihn geliebt. „Was haben Jesus und ein Minivan gemeinsam? Sind beides Märtyrer." Das war sein Favorit. Die Nummer Zwei ging so: „Das Leben ist wie die Tour de France. Kommt Zeit, kommt Rad." Das war tausend mal besser als „Zeit heilt alle Wunden." oder „Zeit ist Geld." Also „Geld heilt alle Wunden." Leben, um zu arbeiten. Arbeiten, um Geld zu verdienen, Geld verdienen, um zu leben. Die Schlange beißt sich mit dem Zahn der Zeit heftig in den Schwanz. Was ist das für ein Konzept? Wenn Du jung bist, voller Energie, wenn die Welt ein Abenteuerspielplatz ist, dann gehst Du mal schön hart arbeiten. Wenn Du kaum noch sehen und hören kannst, ständig aufs Klo musst, nicht mehr richtig schmeckst und lange Reisen Dir schwer fallen, dann darfst Du Dein Leben genießen. Na dankeschön.

Ein alter Mann ist kein D-Zug. Gut, ein junger Mann ist auch kein D-Zug. Kein Mensch ist ein D-Zug. Ein D-Zug ist ein D-Zug. Ein Mensch ist ein Mensch. Wir funktionieren nicht, wir leben. Das Leben ist kein Radrennen, wir müssen uns nicht beeilen, um als Erster im Ziel anzukommen. Im Vorbeihasten fragen wir uns, wo ist die Zeit geblieben? Sie war nie weg. Sie ist immer da.

Ich stehe am Grab und schaue auf die mit Blumen und Erde bedeckte Holzoberseite des Sarges. Wie oft hatte ich Angst, meine Zeit zu verschwenden. Wie oft habe ich lieben Menschen gesagt, ich hätte keine Zeit? Meistens konzentriere ich mich darauf, keine Zeit zu verlieren. So ein Unsinn! „Suchen sie was?" Ich hätte schwören können, ich hatte eben noch eine Viertelstunde im Portemonnaie, jetzt ist die irgendwie weg. Vielleicht hat mir jemand die Zeit gestohlen. Zeit ist kein Zahlungsmittel. Zeit ist kein Geld. Für Zeit musst Du nicht arbeiten. Zeit ist relativ. Wer glaubt, 15 Minuten Pause und 15 Minuten Blasenspiegelung hätten die gleiche Dauer, der hat keine Ahnung. Oder eine gut funktionierende Blase.

Die besten Momente sind nicht die limitierten, es sind die, bei denen man die Zeit vergisst. Die Zeit braucht keine Aufmerksamkeit. Sie rennt nicht, sie fliegt nicht, sie vergeht einfach. Egal, was Du tust. Die Zeit ist ein Weg. Von der Geburt bis zum Tod. Mehr hast Du nicht. Mehr habe ich nicht. Selbst die unendliche Geschichte hat ein Ende.

Und dann trauerst Du all den Momenten und Chancen nach, die Du nicht genutzt hast

die Retrospektive zeigt, das Leben ist kurz, also tu, worauf Du Lust hast

stell die Uhren auf Urlaub, lass die Zeitblumen blüh'n, nimm Dir Zeit zum Verschwenden

ob Du ständig hetzt, Morgen lebst oder jetzt, irgendwann wird das Leben enden

Wenn mein Opa das hier hören könnte, würde er sagen: „Gute Ratschläge gehören ins Bodenturnen. Fang an zu leben. Jetzt."

Parole Guacamole

Es ist 11:30, ich stehe im Schlafanzug mit einem Clown, einem toten Hamster, 103,52€ und einem Beutel Guacamole im Garten und schaufle ein kleines Grab. Heute muss ein Montag sein, die finde ich immer schwierig.

8:30, in der Wohnung über mir ist Rambazamba. Klingt nach dem beliebten Kinder-Partyspiel „Sei doch mal so laut, wie Du kannst!" und es gibt nur Gewinner. Einzig sinnvolle Reaktion: Selbst Krach machen. Ich schreie und singe, schlage Topfdeckel zusammen, schmeiße Türen zu und trommle mit Löffeln an die Heizungsrohre... macht kurz Spaß, dann bin ich müde. Habe jetzt Respekt vor den Kindern. Die lassen echt nicht nach. Vielleicht arbeiten die im Schichtbetrieb, damit sie ihr Lärmpotenzial perfekt ausschöpfen können.
Früher hat über mir die alte Frau Schmatz gewohnt.

Morgends und abends Abend Volksmusik auf Maximallautstärke, aber dafür haben wir jetzt einen Treppenlift im Treppenhaus, den seit ihrem Tod keiner außer mir benutzt.

Oben ist immer noch Open Air der Krachmacherstraße. Ich gehe hoch und klopfe an die Tür. Ein sichtlich gestresster Familienvater öffnet. „Sie müssen der Clown sein!" sagt er mit Blick auf meinen Schlafanzug. Frechheit. Ich baue mich vor ihm auf und sage: „Ich brauche die Gage in Bar. " 300€ später bin ich der Clown. Mein Publikum besteht aus 8 mehr oder weniger zehnjährigen Geburtstagsminimenschen. Jongliere mit einem Apfel. Die Kinder sind wie ein leeres Spukhaus – nicht begeistert. Wir spielen „Germanys next Topmodel." Jedes Kind muss einzeln nach vorne treten und die Anderen sagen ihm, dass es zu dick ist. Die Stimmung ist wie der Gaszähler – im Keller. Ich hab Bock auf Topfschlagen, doch ich finde keinen Topf. Frage die Kinder, was sie so einstecken haben. Spiele drei Runden Iphoneschlagen. Später bastle ich Ballontiere.

Schlangen und Raupen. Meine Ideen sind wie Fehlpässe... kommen nicht gut an.

Während ich die Kleinen in der kompletten Wohnung nach einem Schatz suchen lasse, den ich nicht versteckt habe, schlendere ich zum Buffet. Es gibt Guacamole, Gemüse Sticks und Brezeln mit Sesam. Was für ein Kackkindergeburtstag! Bei mir gab es Burger, Minipizzen oder Chicken Wings. Und Kuchen! Zu trinken gab es ausnahmsweise Cola und Limo, statt der trüben Bio-Apfelschorle, die in Glasflaschen neben der Guacamole steht. Wenn meine Gäste damals gegangen sind hat jeder noch einen Beutel mit Süßkram bekommen, mit dem ein Diabetiker locker einen Monat seinen Insulinspiegel pushen konnte. Das war nicht gesund, das war Kindheit. Das war geil!

„Du siehst gar nicht aus, wie ein Clown!" sagt ein kleines Mädchen mit blonden Zöpfen.

„Habt ihr den Schatz gefunden?" frage ich. Stolz präsentieren mir die Kinder ihre Beute:

3,52€ aus der Couchritze, ein toter Hamster von hinter

dem Schrank und eine hölzerne Kiste mit einem goldenen Dildo, die sie im Schlafzimmer gefunden haben. Ich nehme das Geld und verspreche, den Hamster zu beerdigen.

„Du siehst immer noch nicht aus wie ein Clown." nervt das blonde Mädchen.

„Ich bin ein Geheimclown." sage ich.

„Was ist denn das?"

„Ein Clown, der nicht aussieht wie ein Clown."

„Ich will einen Clown, der aussieht, wie ein Clown!" ruft das Geburtstagskind. Ich zeige ihnen den Film Es. Jetzt will keiner mehr einen Clown. Problem gelöst. Neues Problem, den Kindern ist langweilig. Während ich sie auf dem Treppenlift Achterbahn fahren lasse, renne ich runter zum Kiosk und kaufe eine gemischte Tüte für 200€. Der Zucker schlägt voll ein und die Kleinen rasten aus, als wären sie Kolibris auf Ecstasy. Um sie zu beschäftigen, erkläre ich ihnen das beliebte Partyspiel „Brechdurchfall", das ich gerade erfunden habe. Man schnappt sich mit der Hand so viel Guacamole, wie man kann, schmiert es den Gegnern ins Gesicht oder an den Hintern und schreit „Du hast Brechdurchfall!" Die Kinder haben richtig Bock. Sie springen glücklich glucksend durchs Zimmer und die Guacamole wird auch langsam weniger. Der Vater freut sich mittel. Bei dem Krach kann er nicht arbeiten. Während ein paar grünverschmierte Minimonster uns umrunden und das Geburtstagskind den Dildo als Zauberstab benutzt, wird ihm bewusst, dass Arbeit eben nicht alles ist. Und das eine weiße Designercouch in einer Wohnung voller Guacamole eine ganz schön riskante Anlage ist. „Ich glaube, sie sind gar kein Clown." sagt er, als er aufgehört hat zu weinen.

„Glauben heißt nicht wissen." sage ich.

Er reicht mir eine Tüte mit Guacamole und wirft mich aus der Wohnung. Während ich mit dem Treppenlift Richtung Erdgeschoss cruise, treffe ich Buffo, den Clown.

Als wir den Hamster mit der Guacamole im Garten beerdigen hören wir aus der Wohnung Sätze wie „Cool, der Zauberstab vibriert!" und „Nein, ich habe keinen Brechdurchfall!" Ich halte eine bewegende Rede für den Hamster und Buffo erzählt mir vom Gesundheitswahn, seinen Träumen, überfüllten Autos und Clownklischees, dann wird sein Blick ernst: „Guacamole ist noch gar nix. Dinkelkekse, die sind die Hölle."

Fett for Fun

Ich stehe an der Bushaltestelle und warte. Es ist Sommer, ich will ins Freibad. Neben mir steht eine Omi. Eine braungebrannte Frau in einem Bikini räkelt sich mir gegenüber sexy lächelnd auf einer Plakatwand. Die Omi liest in einer Zeitschrift, auf deren Titelseite ein durchtrainiertes Paar fröhlich durch den Wald joggt. Der Bus auf der anderen Straßenseite trägt das Bild eines Adonis. Ich: rote Badehose, 11 Kilo zu viel dank Schokolade. Er: knallroter Badeslip, 5 Kilo zu wenig dank Photoshop.

Es reicht! Ich hab genug von entwässerten, photoshopverbesserten, superfitten, ultraschicken, minimalbetörenden, völlig verstörenden Megamagermodels. Ich will einmal an einem Kiosk vorbeigehen, ohne vorwurfsvoll von jeder zweiten Zeitschriftentitelseite angegrinst zu werden.

Men´s Health, Sport Aktiv, Muscle + Fitness, Shape, Flex

Active Woman, Muscle Man, Inside Fitness, Be Perfect

Schlank und Fit, Runners World, Fit for Fun, hardcore abs

Men´s Fitness, Women´s Health, Der Bodybilder, Brigitte.

Ja, Brigitte! Weil sie ständig neue Diäten präsentiert. Es ist völlig unabhängig vom Geschlecht irgendwann Mode geworden, mit seinem Körper nicht zufrieden zu sein. Im Fitness Studio gibt es Kurse wie Yogates – Yoga und Pilates, Piloxing – Pilates und Boxing, HipHop Meditation oder BauchBeineKung Fu, aber langfristig ist das auch keine Lösung.

Der Ausweis von meinem Fitness Studio erfüllt in meinem Portemonnaie dieselbe Funktion wie meine Mickey Maus – Club Karte. Sieht ganz geil aus – nutze ich nich. Ich möchte mich einmal mit Freunden zum gemeinsamen Kochen verabreden und alles, worum wir uns kümmern sind Fleisch, kein Fleisch oder vegan. Aber nein. Sina macht die Apfelessig Diät, Selina isst nix nach 18 Uhr, Eyleen schon, aber keine Kohlenhydrate, Felix gerade nur noch Kartoffeln, Samuel ist auf dem Paleo-Trip, Susann schwört auf Rohkost.

Geil! Abendessen am Samstag, 17:00, es gibt rohes Fleisch, Kartoffeln, ungekochtes Gemüse, dazu ein Gläschen Apfelessig...macht richtig Spaß!

Mein Vorschlag: Die Zeitungsdiät. Funktioniert garantiert. Jeden Tag eine vollständige Tageszeitung essen. Sonst nix.

Okay, das ist eine Mangelernährung und wenn Du das zu lange machst, wirst Du sterben, aber vorher bist Du dünn! Und darum geht's doch. Schlank in den Frühling, schlank in den Sommer, schlank an den Strand, schlank ins Schwimmbad, schlank am Arsch! Ihr habt Hunger? Esst! Alles, was euch glücklich macht. Nutella aus dem Glas, Eiscreme aus der Packung, Keksteig, Pudding, tafelweise Schokolade, Eier mit Speck, Eier ohne Speck, alles ohne Speck und Eier, Obst. Esst, wann immer ihr Lust habt! Die Kalorien sind nicht das Problem, sondern das Selbstvertrauen. Ihr seid toll! Ihr alle. Glaubt mir. Wieso sollte ich lügen?

Vielleicht ist jemand dünner, schlauer, glücklich dümmer, älter, weiser, reifer, jünger – völlig egal. Es gibt Menschen, die haben tolle Augen, tolle Füße, tolle Ohren, tolle Haare, tolle Hände, tolle Haut, tolle Finger, Tolle alles! Trotzdem bist Du Du, da kannst Du rennen wie der Wind, von Dir selbst kommst Du nicht weg. Macht euch nicht für jeden Missstand selbst verantwortlich.

Wenn ich eine Hose anprobiere und ich bekomme sie nicht zu, dann hat die Hose die falsche Größe. Nicht ich.

Wenn ich einen Anruf bekomme und jemand hat sich ver-
wählt, dann lege ich auf. Dann sage ich nicht „Wen wollten
sie denn haben? Vielleicht kann ich so werden?" Ich bin,
wer ich bin und ihr seid, wer ihr seid. Das ist gut so. Wir
haben alle verschiedene Stärken und Schwächen. Steine
können nicht fliegen. Aus Vögeln kann man keine Häuser
bauen. Okay, könnte man. Ist aber gruselig, unsicher und
unappetitlich. #Vogelhaus

Apropos Apetit. Vergesst Cola light, ich will Cola heavy!
X X X L   s t a t t   S i z e   Z e r o ,
Jogginghosen statt Skinny Jeans, normale Menschen in
Modezeitschriften. Was hilft es mir denn, in der Werbung zu
sehen, wie eine Hose an einem Model aussieht? Ich werde
sie ihm nicht kaufen. Und falls ihr zunehmt, was ist schlecht
daran, wenn Gutes mehr wird? Esst Süßigkeiten. Süß ist gut.
Hundewelpen sind süß, nicht gesund. Ich bestehe auf bom-
bastisch bunten Burgerbuden statt furchtbar faden Fitness
Folterkammern. Essen macht Spaß, Essen ist gesellig, Essen
ist Genuss. Ich werde sehr viel lieber zum Essen eingeladen,
als zum Sport!

Das Leben ist wie Musik, man muss es fühlen und nicht an irgendwelchen Normen optimieren. Sei nicht wie alle, sei die beste Version Deines Selbst. Meine Idole sind Obelix, Bud Spencer, Homer Simpson, Balu der Bär und Buddha. Dick und glücklich. „Ich habe mir ein neues Kissen gekauft, dass ist richtig schön hart und dünn! - sagt keiner!" oder „hach, endlich bin ich genau wie alle mich haben wollen, mannomann fühlt sich das gut an." nie gehört. Wir sind doch keine Knetklumpen!

Ich stehe immernoch an der Bushaltestelle. Die Omi sieht meinen Gesichtsausdruck und reicht mir einen Keks. Ja, Omis wissen bescheid. Die kochen und füttern und finden alle zu dünn. Omis würden Photoshop nutzen, um Models Fleisch auf die Rippen zu zaubern. Omis tragen bequeme Klamotten und sind gut zu kuscheln. Omis sind alt und weise und toll. Omis essen 3-5 Mal am Tag und das ist gut so. Wenn ihr also mal wieder unzufrieden mit euch seid, denkt an eure Omi und alles wird gut.

Wetten Dass??

„Total schön, dass ihr dabei seid, ehrlich, herrlich!" sagt Ingo. Wir fahren mit seinem hellblauen Opel Corsa durch die grüne Idylle irgendeiner Ländlichkeit zum Ferienhaus seiner Eltern. Nur Ingo, Müller und ich. Wir sind so richtige Naturliebhaber. Also Ingo. Müller und ich sind zwei Typen, die einfach nicht so oft eingeladen werden. Keine Ahnung warum. Müller sitzt völlig nass und verdreckt hinten und krümelt die Sitze mit Keksen voll. Ich versuche, Ingo richtig hart zu nerven. In den Wahnsinn zu treiben. Zu provozieren. Zum Platzen zu bringen wie eine prallvolle Wasserbombe. Dummerweise ist Ingo der entspannteste Mensch der Welt. Gegen seine Nerven wirken Stahlseile wie weichgekochte Spaghetti.

Stunde 1: Ich fummle am Autoradio rum, wechsle alle 30 Sekunden den Sender, stelle ganz leise und dann ganz ganz laut, singe ständig schief und falsch mit. **Ingos** Reaktion: „Voll spannend, wie Du Deinen eigenen Musikmix kreierst."

Müller trinkt Gurkenwasser aus einem riesigen Glas. Das Wasser rinnt an seinem Hals entlang und spritzt auf die sauberen, hellgrauen Stoffsitze.

Stunde 2: Ich beginne mit dem traditionellen Reisechorus, „Sind wir bald da? Sind wir bald da? Sind wir bald da? Sind wir bald da? Ich muss pullern! Mir ist langweilig! Sind wir bald da?" **Ingos** Reaktion: „Hach, das erinnert mich total an früher. Schön." Scheiße. Ich muss zu härteren Mitteln greifen. Ich interpretiere große Hits der Volksmusik auf Ukulele und Mundharmonika, zwei Instrumenten, die ich nicht beherrsche. „Keine Sorge Jan, das wird schon. Übung macht den Meister." säuselt es vom Fahrersitz.

In der dritten Stunde attackiere ich die olfaktorische Wahrnehmung, den Geruchssinn. Ich stopfe stinkenden Handkäse, Mettbrötchen mit extra viel Zwiebeln, eine Knoblauchzehe, einen Rollmops und einen drei Wochen alten Camenbert in mich rein, bis ich mich fast übergeben muss. Außerdem versprühe ich Axe Moschus, als gäbe es kein morgen. Ingo kurbelt nur das Fenster runter und schwärmt, wie herrlich die frische Landluft duftet.

Seit einer Woche spiele ich jetzt mit Müller Wetten Dass??

Ständig suchen wir uns neue Herausforderungen, überbieten uns gegenseitig, bis einer aufgibt. Müller hat aktuell zwei Wetten am Laufen: Er darf sich zwei Wochen nur von Gurkenwasser und Keksen ernähren und darf seit drei Wochen nicht duschen. Macht ihm Beides erschreckend wenig Probleme... Ich habe gewettet, dass ich zwanzig Trauben in den Mund bekomme – bekomme ich nicht. Und das ich Ingo fertig machen kann. Kann ich scheinbar nicht.

„Wie lange fahren wir noch?" frage ich.

„Ganz entspannte zwei Minütchen." sagt Ingo.

„Na, gibste auf?" fragt Müller.

„Niemals."

Wir fahren durch ein kleines Dorf. Ältere Damen schwatzen auf der Straße, es gibt eine Metzgerei, eine Tankstelle, ein Friseursalon, dessen Name ein schlechtes Wortspiel ist.

„Boah, wie ich sowas hasse." meint Ingo.

„Ich wette, Du bekommst keine 100 Wortspiele für Friseurläden zusammen." ruft Müller.

„Haarem, Haarmonie, vier Haareszeiten, Haar genau, Haarbra Cadabra, Sahaara, Chaarisma, Haarnarchie, Haarcules, die Haarbaren, Feierhaarbend, Hair reinspaziert, Haarald, Haarlekin, Hairbag, Atmosphair, Komm Hair, hairlich, Hair berge, Kamm as you are, Haartmut, Liebhaarber, Sunny & Hair, Hair zstück, Scheergut... Wie viele sind das?"

„25"

„Ali Barber, Vorhair Nachhair, Hairport. Kammasutra, Barthaar Ilic, Eine Frise Salz, Haar-Mitzwa, Haare Krishna, Haar Bara, Haara Croft, fair lockend, Lockemotive, I gel, Hairy Potter, Hair – Bert, Vadder Haarbraham, Wer Haar sagt muss auch B sagen, Mmmh Bob, Afro – Disiakum, Bart aber herzlich, Pony und Clyde, Fönix, Kamm Inn, Hairgut, Ab-Haar. Jetzt?"

„50."

„Germanys next Zopf Model, Schnitt-Lauch, Bitte Fön, Haar-Keeper, Lock´n´Roll, Frisör Lancelot, Hairison Ford, Haar-cienda, spectacul-Hair, Kopfsalat, Schnitt-Gefühl, Lucif-Hair, Haar-tist, Abschnittsgefährten, Bartolomäus, Curl-pool..."

„66"

„Cut der guten Hoffnung, oh my cut, Cutinka, Cut Cobain,

A-Haar, B-Haar, MängelexemplHAAR, Haarchitekt, haar-scharf, Kamm-pus, Kaiserschnitt, Krehaartiv, Love is in the hair, Scarlet O Haira, VoltHair, Zopfstand..."

„82"

„Graf Haarkula, Haara Kiri, Hairway to Steffen, Haarlem Globetrotter, Hair Play, Miezeglatze, Bart Simpson, Hair Trade..."

„90"

„Legenden der Schneidenschaft,, Haaribo, Behaarlichkeit, Haarselnuss, Ghost Schneider

„95"

„Die Glatze im Sack, Bartezimmer, die Haarschule, Schere Jacques."

Ingo macht eine Vollbremsung. „Ihr steigt jetzt sofort Beide aus!" presst er zwischen seinen Lippen hervor und fährt mit quietschenden Reifen davon.

„Tja, mein Freund, fehlt noch eins." sagt Müller siegessi-cher.

„Alo-Haar."

Da gibt Müller auf. Denn Frisöre sind noch gar nichts. Richtig krass wird es bei Bars. Denn Wortspiele wie „Wunderbar, Furcht-Bar, Frucht-Bar, Sonder-Bar, Kost- Bar, Pub der guten Hoffnung oder Bier Jahreszeiten" sind nur die Spitze des Eisbergs.

Jans fantastische Flachwitzsammlung

Der Eine bekommt Kopfschmerzen, der Andere feiert es hart.

Wer versteckt sich mit schlechtem Gewissen im Panzer?

Die Schuldkröte

Was ist nachtaktiv und liebt es, zu grüßen?

Der Huhu

Was ist klein und wird an den Strand gespült?

Eine Mikrowelle

Was ist braun, schmeckt süß und rennt über den Trimm-dich-Pfad?

Eine Joggolade

Was ist orange und hilfreich für Handwerker?

Die Bohrange

Was ist gelb und summt über die Sommerwiese?

Die Birne Maja

Welches Tier lebt in Afrika und achtet sehr auf Sauberkeit?

Die Hygiäne

Was lebt unter Wasser und misst gerne Entfernungen?

Der Lineaal

Was lebt unter Wasser und ist so richtig reich?

Der Kapitaal

Was liegt am Grund des Tümpels und motzt?

Eine Maulquappe

Was ist rot, rund und liebt Musik?

Ein Radiodieschen

Was ist rund, braun und kutschiert Fahrgäste durch die

Stadt? **Ein Kokosbus**

Wer lebt im Himalaya und bastelt gerne?

Der Kneti

Was ist gelb, krumm und kann schießen?

Eine Banone

Was ist gelb und krumm und achtet auf jeden Cent?

Eine Sparnane

Was ist weiß, hat schwarze Streifen und bewegt sich einfach nicht vom Fleck?

Ein Klebra

Was ist braun und sitzt hinter Gittern?

Eine Knastanie

Was ist grün, kann gut schwimmen und macht die Toilette sauber?

Das Klokodil

Was ist rund und braun und spaziert durch den Wald?

Das Brotkäppchen

Was ist pink und ganz schön frech?

Eine Schlimmbeere

Was ist rot und kocht Kaffee?

Die Paprikantin

Was ist hellbraun, süß und zäh und spaziert durch die Wüste? **Ein Karamel**

Was ist gelb, krumm und flattert im Wind?

Eine Fahnane

Was ist groß und gefährlich und kann nicht sehr gut malen?

Der Kritzlibär

Was ist rot, hat ein Geweih und steht im Wald?

Ein Kirsch

Was bohrt sich in eine Wand und wird später zum Schmetterling?

Eine Schraupe

Was ist weiß, hat schwarze Streifen und berührt nicht den Boden?

Ein Schwebra

Was wächst im Wald und kann sehr gut springen?

Jumpingnons

Was ist rot, hat schwarze Punkte und fährt zur See?

Ein Marinekäfer

Was gräbt und gräbt und bekommt dabei kaum Luft?

Die Schnaufel

Was ist groß, grau, hat einen Rüssel und ist jedem völlig egal? **Der Irrelefant**

Was bestellen Hunde im Restaurant?

Bellkartoffeln

Was ist rot, süß und kann galoppieren?

Eine Pferdbeere

Was ist klein, rund und blau und weiß alles?

Die Schlaubeere

Was ist gelb, krumm und kann sehr gut schwimmen?

Die Schwanane

Was ist grün und hämmert an die Tür?

Klopfsalat

Welches Gemüse kennt die lustigsten Witze?

Die Kichererbse

Was ist rot und kümmert sich um die Sanitäranlagen?

Eine Klomate

Was hat Haare und kommt in die Pfanne?

Bartkartoffeln

Welche Zitrusfrucht kann nicht still sitzen?

Die Hampelmuse

Was steckt im Gemüsebeet und ist ziemlich traurig?

Eine Trübe

Was ist gelb-schwarz-gestreift und dreht sich furchtbar schnell um die eigene Achse?

Die Turbiene

Was ist sehr gesund und kann super schwimmen?

Vollkornboot

Was besucht die Großmutter und hat ständig Schnupfen?

Rotzkäppchen

Was hat schon einige Jahre auf dem Buckel und schwimmt auf dem See?

Eine Rente

Was ist pink, lebt im Wald und kann ganz schön gefährlich werden?

Ein Himbär

Welches Tier hat einen Sprachfehler, kann aber super schwimmen?

Der Stotter

Wer springt über die Wiese und erzählt einen Witz nach dem anderen?

Der Spaßhüpfer

Wie heißt ein junges Reh, das im Winter geboren wird?

Schneekitz

Was liegt am Strand und ist sehr schlecht zu verstehen?

Eine Nuschel

Was liegt am Strand, ist sehr schlecht zu verstehen und auch noch erkältet?

Eine Niesnuschel

Was ist orange und geht über einen Berg?

Die Wandarine

Welches Tier lebt unter der Erde und hat keine Lust auf

Arbeit? **Der Faulwurf**

Was sitzt mit Kopfschmerzen in einem Ast?

Eine Beule

Was ist groß, grau, hat einen Rüssel und steht am Kopierer?

Der Praktifant

Welcher Meeresbewohner kann super addieren?

Der Oktoplus

Wer hat sein Gesicht vermummt und hüpft um den Teich?

Der Raubfrosch

Was kann super Tauchen und gehört zu jedem Frühstück?

Das U-Broot

Was ist schwarz und weiß, hat einen Schnabel und liebt das Trampolin?

Der Springuin

Was ist weiß und fett und fliegt durch die Luft?

Die Biene Mayo

Was gehört zu Halloween und ist oft schlecht gelaunt?

Der Mürbis

Was ist orange und planscht im Pool?

Die Chlorange

Welches Gemüse hat wirklich Grips?

Die Schlaubergine

Was ist rot-orange und steht auf einem Bein?

Die Flamango

Was ist süß und schwingt von Ast zu Ast?

Tarzipan

Was ist haarig, menschenähnlich und niemals gut drauf?

Der Schlimmpanse

Was ist riesig, lebt im Meer und ist ganz schön clever?

Der Schlauwal

Was ist glitschig, lang und niemals leise?

Die Plapperschlange

Was lebt im Meer, hat viele Zähne und ist schwer?

Der Bleifisch

Was kann fliegen, ist bunt und gut für die Lippen?

Libello

Welcher Fisch müsste mal gebügelt werden?

Der Knitteraal

Was vermehrt sich wie wild, ist winzig und qualmt vor sich

hin? **Das Zwergkaminchen**

Was hat Hörner und lässt sich super beschreiben?

Der Notizbock

Was ist platt, lebt im Meer und lügt gerne?

Die Flunker

Welcher Laufvogel betrügt gerne beim Spielen?

Der Mogelstrauß

Was schwimmt gegen den Strom, ist flüssig, wenn es heiß

ist und hart, wenn nicht?

Der Wachs

Wer kann fliegen, ist ganz schön lästig und hat niemals

Glück?

Die Pechmücke

Wer lebt im Wasser, liebt Thunfisch und ist so richtig fix?

Der Schnellfin

Was ist schwarz-weiß gepunktet und arbeitet für reiche Herrschaften?

Der Dalmadiener

Was ist klein, kann bellen und geht gerne in die Sauna?

Der Schwitz

Was ist laut und liebt den Winter?

Die Skirene

Was wird mal ein Frosch und hilft dem Ritter?

Der Kaulknappe

Was kann fliegen und beult jedes Auto aus?

Der Dellensittich

Was kann fliegen, isst gerne Fisch und liebt schlechte Witze?

Der Albertross

Was ist vom Aussterben bedroht, kann nicht fliegen und arbeitet als Bankberater?

Der Bodo

Was ist dick und kann gut fliegen?

Die Pummel

Welcher Hund hilft im Haushalt und ist gut für die Jagd?

Der Bügel

Wer lebt stets in der Dunkelheit und ist keine Kirsche?

Die Schattenforelle

Was ist nachtaktiv, fiept und lebt im Moor?

Das Moorschweinchen

Was verkauft sich für Geld, ist klein und grün?

Die Strichererbse

Was steht am Straßenrand und friert ganz fürchterlich?

Die Frostituierte

Was kocht sehr gerne und lebt im Rudel?

Das Herdmännchen

Was ist gut für die Jagd, aber schlecht für die Hüften?

Ein Schokobiegel

Was ist groß, grau, hat einen Rüssel und ist manchmal besetzt?

Der Telefant

Was ist klein, innen grün und kennt sich mit Gesetzen aus?

Die Advokado

Welches Meeresraubtier ist weiß und oval?

Der Eifisch

Wer lebt im Meer und bastelt an Autos rum?

Der Tunefisch *(Dieser Witz stammt von Raban.)*

Was fliegt hektisch und kann schreiben?

Der Kulibri

Was kann sprechen und ist ein Arsch?

Der Popogei

Ich könnte noch ewig so weitermachen. Doch wie jeder Spaß ist auch dieses Buch jetzt leider zu
ENDE

Also fast. Es gibt noch so viele Geschichten zu schreiben und zu erzählen. Wenn ihr auf dem Laufenden bleiben wollt, folgt uns unter facebook.com/coenig.lebemann und wenn ihr die reale der digitalen Welt vorzieht, besucht und bei „Ein Slam namens Horst", immer am 1. Donnerstag des Monats im HoRsT in den Adlerwerken in Frankfurt am Main. Und falls euch noch ein guter schlechter Witz einfällt, der in diesem Buch fehlt, zögert nicht, ihn Jan zu erzählen, zu mailen oder wasauchimmer.

Gruß & Kuss

Cönig & Lebemann